豆鼠回家

目錄

總序　動物小說是一座森林　6　劉克襄

自序　我們的秘密基地　10

序　豆鼠和稚氣老爸　14　劉奉和

內文　豆鼠回家　29

編輯手記　不只是豆鼠　298　朱惠菁

動物小說是一座森林

在我們居住的星球上，一座擁有許多高山的島嶼，位於海洋和大陸交界，又坐落在溫度適宜的緯度，這樣允當的自然環境，其實並不多。

我很有福氣，正好在其中的一座出生，並且平安地長大。更幸運的是，從青少年起，在雙親呵護，生活無虞下，擁有足夠的時間和機會，在島上長期觀察自然，認識各地山水，逐一見證它廣泛而多樣的地理風貌。

經歷多趟豐收的生態旅行，我才逐漸打開視野，接觸到許多動物。同時，透過當代生態保育觀念、自然科學新知，以及各地狩獵風俗文化的洗禮，更深入地見識，各種動物精采而奇特的習性。

如此豐饒的生態環境，以及多樣的動物內涵，做為書寫題材的基礎，無疑也是上蒼賜予一位創作者最大的資產。我自當努力，嘗試透過不同的敘述風格和書寫技巧，展現各種動物的生命意義。並且自我期許，希望更多台灣動物的生命傳奇，經由自己筆下的故事，展現這塊土地動人的自然風貌。

提到以動物為主題的小說，相信許多讀者不免直接聯想到兒童文學。許多創作者，在思考這類題材的創作角度和內容時，恐怕也會假定，以兒童或青少年為閱讀的對象。久而久之，因為文學潮流的趨勢，影像媒體的興盛，或者以晚近創作呈現的質量評估，這類以動物為主題的文學創作，難免被放置在一般兒童文學的位階。現下文學學術詞典、百科全書在定義時，更視為兒童文學的領域。

這種理解的趨勢，似乎存在著某一種認知，把動物形象和動物小說所承載的廣泛可能，局限在兒童的喜愛與領悟層面。文學風潮如是發展，個人覺得未免可惜。

過去，在敘及動物小說時，我每每想起吉卜林《叢林故事》（1894）、傑克・倫敦《野性的呼喚》（1903）和歐威爾《動物農莊》（1945）等等，不同階段動物小說經典的內涵，乃至晚近李查・巴哈《天地一沙鷗》（1970）、柏納・韋伯《螞蟻》三部曲（1991～

1996）之類現代動物小說的標竿，各自有其深沉的寓意，揭櫫動物故事的多樣繁複。

世界各地皆有如此精采的動物小說典範，反映作者家園的生活意識和土地情感，那麼台灣的動物小說呢？

我在書寫動物故事時，其實很少定位於孩童閱讀的層次，毋寧是期待更多擁有純稚心靈的成人，一起享受動物世界的奧妙。進而珍愛和尊重，這個地球上，不同於人類文化，或者更為重要的自然文化。

在文學命定的講題裡，人類和動物之間的關係，也絕不只是反映動物與動物、動物與人類之間的感情交流，或者只是把這種交流賦予豐富的人性解釋。我總是想辦法擴充視野，嘗試著使用更新形式的敘述，摸索更多尚未被人類所理解的領域，以及尋找更大的價值。

現代的動物故事，何妨越過兒童世界的層次，進入一個混沌的起跑線，重新設定更多可能的原點。它一方面是對大自然的禮讚、哀歌，或關懷動物生存的論述，一方面更應是人格成長的小說，心靈冒險的故事，兼而反省人類文化的發展。

進而言之，動物小說做為一個自然寫作的界面，既非那麼孩童似的愚騃，但也不必屢屢背負人類破壞自然的原罪。面對地球日漸暖化、雨林遭到濫墾、水資源缺乏等危機，一個寫作者，除了站在第一線抗爭，更大的責任是栽植夢想和希望。

儘管這課題需要長時的醞釀、培養，但每回我寫出一部動物故事時，那無可言喻的喜悅和滿足，彷彿成功地護守了一座森林的欣然成長。我快樂地想像著，每一位讀過這些動物故事的孩童或大人，在心裡也悄悄地滋生了一座森林。

將來，這座森林會逐漸蓊鬱，逐漸延伸出去，最後和地球上的每座森林、每座海洋，親密地結合。

我們的祕密基地

十五年前的夜晚，一個奇幻故事悄然地進入我的家庭生活，此後就未再離開過。

從我的寫作軌跡來看，這個充滿童真稚氣的怪異小說，或許來得不是時候，因為早年出版時，其難以歸類和過度滑稽的擬人化，並未獲得外界青睞，但對孩子卻是相當重要的禮物。

那時大兒子才六七歲，因為異位性皮膚炎，晚上不易入眠。就寢前，我都得幫他搔背，一邊述說好聽的童話故事，讓他專注於有趣的情節而容易入眠。小他三歲的弟弟，那時也喜愛偎在旁邊，跟著聆聽。

初時，在孩子安睡的小斗室裡，我選擇的題材跟其他父母相似，大抵是經典童話，後來受不了情節的老套，還改編過《小紅帽》、《三隻小豬》等，藉此逗樂孩子。只是沒過多久，我更興發創作的樂趣，一邊捉癢時，一邊胡思亂想，編造自己發想的長篇故事。豆鼠，便是在此一暗黑無邊的時空裡醞釀成形的小動物。豆鼠的探險過程也是在這一情境下，慢慢琢磨出來的情節。

但這個故事的緣起並非虛擬的想像，還是有歷史根據的。

我的靈感來自盛唐的沒落。西元七五五年，安史之亂爆發，唐肅宗調派西域邊兵，回到中原馳援，協助戰亂的平定。西域邊兵回防，唐朝在天山山麓的守軍兵力，因此大大削弱。吐蕃趁勢崛起，大舉進攻河西走廊一帶，造成東西向聯繫的斷絕。過了好些年，忙於內憂的朝廷才驚奇地得知，遙遠彼方，仍有此一強大兵力鎮護著。日後，唐朝的西域孤軍，更堅守了將近半個世紀之久。我因而對安西、北庭兩處都護府的存在，充滿了奇妙的美好想像。

豆鼠也非憑空杜撰的角色。一百多年前，一位英國動物學者湯瑪士（O. Thomas）前往山西和陝西調查旅行，長時走在黃土高原，一路幾不見任何動物。只有一種小型囓齒類，常以站立姿勢遠望著地平線。此一囓齒類數量之龐大，猶若中國人口的驚人，讓動物學者感慨良深。此鼠土話「格樂兒」，乃現今仍常見之大沙鼠，喜愛在乾旱地區棲息。

當年為了講豆鼠的故事，我創造了不少情節。《扁豆森林》是最原型的一部，也是最早的開頭。豈料聽了這個故事後，大兒子偏好浸淫在古早年代的大事，日後成為歷史系學生。小兒子竟也克紹箕裘，變成跟我一樣喜愛創作的書寫者。

十五年前創造的故事，如今再大刀闊斧地處理，我充滿了探訪故里和親友的愉悅。在缺乏真正家園的時代裡，一個創作者回到自己昔時開拓的文字園地，一個自己和孩子共同栽作的開心農場，那是多麼奇妙而美好的返鄉之旅。但我的心情不再是回顧和緬懷，而是很想嘗試在這個早產而荒廢的家園，重新再栽作一回。

惟如今更名《豆鼠回家》重新修潤時，特別加以彩色插圖，還是有我不得不然的苦衷。當年或許是早產，現在卻有剖腹生子的辛苦。

先說文字吧，我已經不容易回到當年的童心未泯。心思過度成熟，飽含太多世俗判斷，讓我不易再擁有單純的快樂。只能藉由繪圖的色澤和環境情節的構圖，追索著昔時的想像，進而尋找當年創造豆鼠世界的無邪。

透過繪圖，那種心境的快樂，大抵也是這回重返最愉快的主要收穫。剛開始面對時，其實有些恐懼。很害怕回首，面對那些創作上曾經遭遇的瓶頸。但一邊作畫，我逐漸進入一個過去不曾體驗的遭遇。啊，那愉悅真是難以比擬。這種返鄉的快樂，差點讓我想，乾脆去當繪本作家，或者努力當畫家吧！

再說書名，為何改為《豆鼠回家》？這裡的「回家」，最初萌發的是一個英文單字：homing。這個英文單字在動物行為學裡，直指某種動物擁有本能，從遙遠的錯置環境，想要回到最初生長或棲息的地方。但它不盡然是秋去春來的遷徙，而是隨時都有可能發生。比如台灣最常見的賽鴿，即是最鮮明的例子。這一歸巢情境，在我重新修訂稿子時，顯然比過去初寫時更為突顯，更具隱晦的意義。

透過豆鼠建構的世界，是我和孩子共有的祕密基地。在這個虛擬的時空裡，我們具體地存在，連豆鼠也是真實的。在成長的過程裡，很多媚俗的俗世價值，干擾了我們判斷，後來也都不重要了。唯有豆鼠家園，可能是一輩子最精采的印記。

人生必須有一個想像的美好世界，只屬於自己和孩子。日後和孩子回憶過往的生活時，一個茶餘飯後的有趣話題。親子間更該有自己的家庭故事，打造一個永遠不會消逝的故鄉。房子會不見，原野會消失，唯故事存在。

重新出版的過程裡，我也跟小兒子商量，請他以小時聽我敘述豆鼠的感受，分享自己的成長經驗。從小就邂逅豆鼠，如今有時還在懷念豆鼠的年輕人，相信更能見證這個家園的起落。更能旁觀，或者是另一種主觀，添加被我遺忘的，完成這一綺麗的豆鼠拼圖。

豆鼠和稚氣老爸

劉奉和

這種事起初是誰也不相信的，跟別人提起，他們也只會瞠目結舌地說不可能吧。畢竟落差實在太大了，所以是一點也不相信的，人的另外一面總是如此令他人吃驚。

當我無意間跟大學同學提到老爸愛看的電影時，他們非常驚訝。

「你說你爸愛看這種影片？」有人不敢置信地說。

「對啊，就吃人那個什麼的，漢尼拔……？」我並不了解這有什麼值得吃驚的地方。

「《人魔》，劉克襄居然喜歡看《人魔》!?」

對，人魔系列。而且不只這種驚悚影片。我爸其實也很愛看一些經典的奇幻小說或是戰爭片之類的，像《魔戒》三部曲，我爸多所批評，但是電視轉到正在播放時，他還是會一直看下去，實在很莫名其妙。

在大多人印象中，劉克襄這三個字似乎一直與登山、賞鳥、鄉土、人情味這類特質連結。而他著名的作品不外乎就是《永遠的信天翁》、《十五顆小行星》……但是光光這些並無法代表我爸的全部，我爸還是有著無比幼稚淘氣的那一面，有著那個盯著漢尼拔把別人腦袋切開的畫面傻笑的一面。

而如大雜燴般結合了稚氣老爸跟鄉土劉克襄的作品，似乎就是豆鼠的故事了。豆鼠系列原本是為我及老哥謅撰的床邊故事。但這種內容講給四歲小孩聽未免也太複雜了點，小時候除了那些簡易的名稱之外，我大概什麼也記不得吧。因此，我認為豆鼠是為了宣洩老爸對某些事物的情感所寫就的作品，那種會跟孩子討論金庸小說的熱情、喜歡看怪物片的童稚，畫畫技術明明很好卻還是會去畫Q版圖案的執著，他就是靠著這些寫出自己心中的俠義、戰爭、熱血。然而，豆鼠系列作品卻鮮為人知。也許就像老爸所講，小時候畫的魚總是顏色繽紛且奇形怪狀，但長大後畫的模樣卻只剩黑白及現實中的魚。充滿劉克襄另外一面的豆鼠故事，應該就是被那現實給擊垮，終究只能被埋沒吧。

雖然豆鼠只單單活在我、我哥、我爸的心中，但是很少在台灣的奇幻小說找到共鳴的我，唯獨豆鼠系列是一直百看不厭的。就算比起外國的作品，我認為豆鼠故事也是不遑多讓的閱讀享受。沒有芥川龍之介的《河童》般沉痛省思，也沒有《戰地春夢》對戰爭描述的勾魂攝魄，更沒有金庸小說那樣子的人性詭譎。然而閱讀完後，你卻很難不去想像那挺著大肚子的豆鼠。在路邊撿到植物的果實時也會不自覺地猜測，這是不是扁豆呢？最好笑的是，你聽到戰神這個詞彙時，腦海中浮現的不會再只有阿基里斯、呂布等，那些電影或遊戲演繹的形象，還會有一隻穿著斗篷，肚子大大並帶著墨鏡的豆鼠。

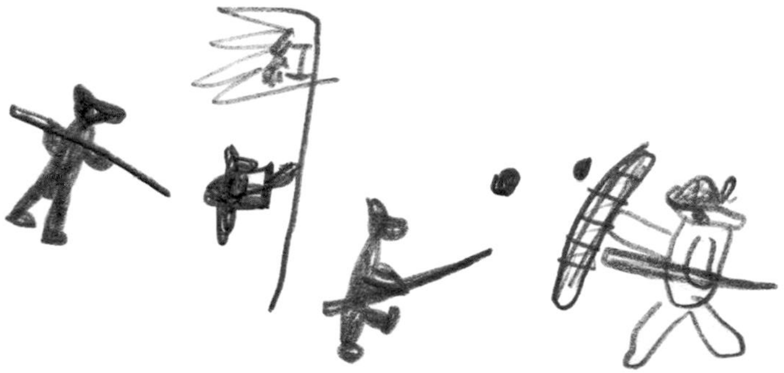

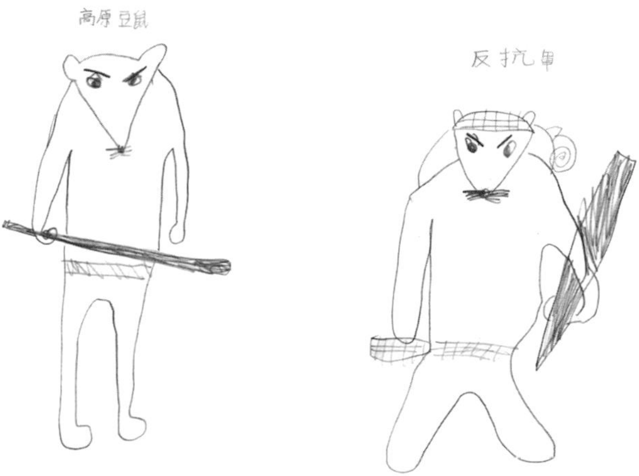

大兒子幼年的豆鼠繪圖

「歌地」
一個傳說中的美麗森林
比大森林更為豐饒

寧靜而詭譎的金黃
記憶裡一個最遙遠的不安
佇立在無法返鄉的路上
我和它結伴

當全世界睡著時
在這一屋脊最尖端的位置
我和孤獨一起並坐、對話

讓我和戰爭彼此遺忘
各自在自己的世界流浪

横越大荒漠
重建豆鼠國

今夕無風無雨
我卻烏雲滿懷
不知投向何方
每個方向
家園的大石碑不斷高聳

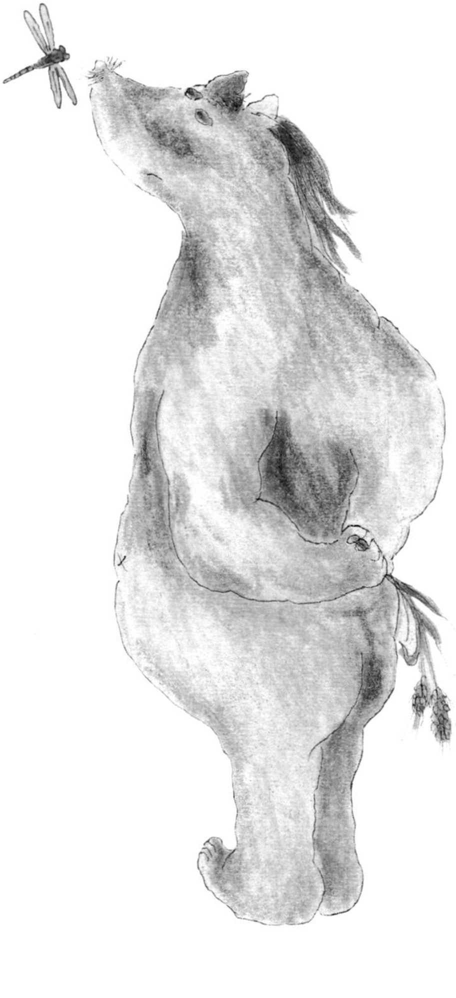

楔子

豆鼠，一種喜歡站立，全身披灰褐色短毛的哺乳類，群居在一處隱密的原始森林。那兒叫大森林。牠們以一種爬藤類的扁豆為食。這種扁豆非常普遍，只要生長良好的大樹，都有它的藤莖攀附其上。扁豆不會纏勒附生的樹種，攀爬一定高度後，隨即橫向拓展。全年都可開花結莢，而這也意味著，一年四季都有新鮮的扁豆，豆鼠不必儲藏食物。

早年，豆鼠發展出站立的動作時，身體還算勻稱，但一代傳一代，扁豆吃多了，天敵又阻隔於森林之外，跑跳的機會大大降低，脂肪遂不斷累積。圓滾的肚腹明顯突露，成為大森林豆鼠們最鮮明的特徵。牠們也博得一個綽號，大肚鼠。但豆鼠們很討厭被如此稱呼，總覺得這是一個侮辱。

百年前，豆鼠的祖先們居住時，大森林的面積相當遼闊。然而，它到底有多大？就不是現在的豆鼠們所能想像的。不過，每一隻豆鼠在成長的過程裡，一定都聽過長輩誇張地敘述：「祖先從小到大，從未見過荒原長什麼樣子。」

那意思是說，大森林的任何地方都是樹木，沒有任何荒廢的空地。現在，每隻豆鼠都知道這句話可是笑話了。如今，任何一隻豆鼠隨便往哪個方向旅行，不用走個兩三天，就會抵達森林的邊界。那兒是荒原的起點，豆鼠世界的盡頭。一片廣袤的沙漠，橫陳其間，連綿到天際。

為什麼大森林的變化如此劇烈？究其原因，原來早年的歲月裡，豆鼠曾遭遇過數次漫長的旱季，扁豆欠收。在嚴重的飢荒下，許多豆鼠餓死了。豆鼠族群有鑑於飢荒難以預見，為防患於未來，遂展開計畫性的扁豆栽培。後來，森林裡到處都有扁豆的藤莖攀爬、橫生、蔓衍。一棵大樹常有四五株扁豆懸垂，早已不足為奇。

殊不知，刻意栽種下，許多百年大樹因扁豆結莢過多，樹身難以負荷，紛紛斷枝、傾倒了。剛開始時，豆鼠們也不在乎。樹倒了，反而還認為，此一情形代表了這個區域的扁豆栽種成功，還是大豐收的象徵呢！但一棵大樹倒了，連帶的，陽光過度炙熱，附近草木的生存也受到影響，來不及恢復成隱密的林子，反而淪為旱地。於是扁豆愈為量產，一塊一塊林地也在豆鼠們的不知不覺中消失。

等豆鼠們驚覺不對時，大森林已經去了一大半。為了因應林地的消失，豆鼠的長老群不得不數度開會，深入檢討。

不少長老認為，主要問題在於扁豆過度栽種。唯有縮減數量，砍伐一些扁豆，才有可能維持林子的面積。怎知，也有長老提出，扁豆栽植太甚固然是重要因素，但是日子太平，豆鼠無所事事，造成族群過度繁衍，迫使扁豆需求增加才是更根本的主因。這些長老們主張，春天的繁殖季應該倡導節育，限制族群數量。

到底是豆鼠族群過度繁衍呢？還是扁豆栽植過當？兩造說法其實皆有道理，理應雙管齊下，但是該減少多少扁豆植株？如何限制豆鼠生育數量？實施細節討論了好幾年，都沒有明確的定論。日復一日，豆鼠的數量繼續有增無減，扁豆也繼續被偷偷栽種，林地消失更加快速。有的長老私下已經很絕望，甚至悲觀地預估，下回大旱災到來時，豆鼠可能會大量滅亡。

最後，幾經數回激辯，長老終於宣布即刻實行兩項措施。一、全面禁止栽植新的扁豆。二、限制繁殖季只能生育一胎。但時間似乎遲了，當牠們有了充分的危機意識時，歷史並未等候豆鼠。經過數十年的大量栽培扁豆，大森林如今只剩下一個像綠洲的小林子，被重重的沙漠包圍。

更何況，現在已經不是大森林本身的生長機制是否健全，而是周遭的沙漠明顯產生影響，不時掀刮的沙塵風暴，漸漸危害大森林的植被生長。大森林跟沙漠緩衝的區域，旱地面積持續擴大，扁豆豆莢變小，甚而長不出來。

相對的，豆鼠的數量卻達到一個高飽和的密度，隨便一個轉角、樹稍或洞穴，都有豆鼠在活動。每年的扁豆產量遞減，森林復育也遙遙無期。牠們已陷入嚴重的生存困境，卻又無法走出大森林到荒原生活。荒原是大鵟和白狐的世界。長老們開始擔心，再這樣持續下去，不要三四代，整個大森林就會覆滅。豆鼠將會成為絕種的動物。

零壹

廣袤而無垠的荒原，多數地方只有斑駁、枯黃色澤的細小沙粒，覆蓋著一切。天和地之間沒有起點，也沒有終點。只有沙石堆積的小丘連綿起伏，時而高高聳立，時而深深地凹陷。

這等風景遠看異常瑰麗，近看之，闃寂得可怕。不僅毫無生命跡象，彷彿連風都進不來。只有一種東西在沙子裡抽長，那是巨大的死寂，像是塵封在這塊大地太久了，擴散出一種不安，隱隱然埋藏於空氣間，隨時要爆炸開來。

等待著，等待著……旋即，一個龐大的黑色巨影，譁然地掠過地面，掀起一陣塵埃。再猛力地逆勢上揚，滑上了鉛灰的天空。

那是一隻荒原上最常見的大鵟，固定在這塊領域盤旋，梭巡。牠的翅膀一如大地的枯黃，且有著破敗的蒼涼。沒有風之下，牠辛苦地拍翅、繞圈。每一回奮力拍翅時，肩羽的羽莖都會發出骨頭要斷裂般的聲音。

牠好不容易，緩慢地爬升到更高的位置，準備下一趟的俯衝。適才掠過的地面雖然沒有任何動靜，但牠仍不死心，一對鷹眼依舊以銳利的餘光，搜尋著荒涼的大地。直到再度確定沒有什麼東西時才放棄。

大鵟掉頭遠離，變成遠方的一點小黑影，近乎消逝時，那片牠剛才掠過的地面，微微有了異樣。沙地略略鬆開，崩出裂縫。沙石裡露出了，暗灰色、毛茸茸的，仍黏著小土塊的小動物。一隻、兩隻、三隻……總共有三隻豆鼠！

大鵟遠走後，牠們俐落撥甩身上的土塊，一隻跟著一隻，背著行囊，匆匆疾奔。

豆鼠們未料到，大鵟其實是佯裝遠離。一見牠們冒出地面，旋即快速地折返。就在牠們奔跑時，大鵟早已悄然地拉高到撲擊的高度，朝牠們快速地飛降而下。

三隻豆鼠大驚，死命地往前衝。那大鵟眼看獵物垂手可得，爪子已經朝前伸直。但豆鼠們料準了大鵟的速度，就在大鵟接近那一剎，各自分散逃避。大鵟大概以為是囊中物，一時過度興奮，俯衝的速度又太快，竟不知要捉誰。這一遲疑，伸出的爪子頓時撲空，飛行的速度也放盡。

若不及時改變方向，硬是再往前俯衝，恐怕會失手，栽到沙地裡。牠不得不急速拍翅。這一臨時抽身，身子有些踉蹌地扭擺，幾乎落地。還好牠以老到的飛行經驗，避開了千鈞一髮之刻。一個昂揚，敏捷地重新繞圈、升空，準備再撲向三隻豆鼠。

可是，三隻豆鼠已經奔跑到沙丘高處，旋即迅速地滑下斜坡，激出滾滾沙塵。大鵟只能眼睜睜地看著牠們，半滾半翻疾速滑下去，進而忙不迭地躲入一處堆了不少枯枝的谷地。

混亂的灰塵慢慢落盡，等整個荒原變得清澈時，只剩下大鵟孤獨地在天空盤旋，還有彷彿在發自己脾氣的尖銳呼嘯聲。

大鵟猶不死心，悄然地停降在不遠的一根大枯木上喘息，鷹眼繼續盯著谷地的枯木堆，但豆鼠們何等機靈，仗著枯枝的保護，這回打死也不再露臉。

過了一陣，天色漸暗，大鵟知道機會已經錯失，晚餐無著落了。豆鼠們不可能再貿然出來。梳理好一會羽毛後，四周仍無動靜，只好黯然地拍翅離去。

大鵟離去好一陣，三隻嚇得膽戰心驚的豆鼠還是不敢探頭。牠們被剛才的遭遇嚇壞了，又等了一些時候，才逐一從枯木堆中露出身子。

「噓！你的鼾聲真大！」最壯碩的一隻叫紅毛，氣呼呼地跟另一隻叫綠皮的抱怨，

「這種危險關頭，你躲進來了，居然還敢睡覺。」

綠皮不好意思地苦笑，一邊卸下包裹，準備好好伸展身子。

始終小心遠望著的那隻，仍憂心地觀察，再次確定沒事後，轉頭看到綠皮伸著懶腰，嚴肅地命令道，「走吧，這裡還不適合休息。不要忘了上回的慘痛教訓。才離開森林就出狀況，現在又遇到了，難道還沒學乖？天也還沒全黑。再往前找找看！應該有更適合的地方。」牠提到的是另外兩隻豆鼠同伴。一隻甫出森林就被大鵟捉走，另一隻掉入流沙裡。

教訓綠皮的豆鼠叫菊子，年紀比另外兩隻大一些，三隻中地位最高，是這支探險隊的隊長。菊子甫說完，不容二話，其他兩隻紛紛揹起包裹。紅毛跳出枯木，拍拍綠皮的肩，安慰兼鼓勵。綠皮無奈地聳肩，繼續緊跟在後。

牠們盡量順著凹溝、多枯枝的地方，減少行蹤的暴露。直到天色漸黑，再次走進平坦無物的沙漠。

白天時有大鵟，夜深了並不盡然安全。另一種天敵白狐，這時反而出沒頻繁，牠們依舊小心翼翼地前進。

菊子停下來研判地理位置時，後面的兩位便跟著止步。綠皮和紅毛都背著藤索編綑的大包裹，裡面主要是扁豆和水袋。大概是長途跋涉，旅途過於勞累，牠們的形容看來

狼狽而憔悴。但菊子眼睛依舊炯然發光，緊盯著前方。

抵達一處凹地時，菊子才放心地示意，可以卸下肩上的物品。綠皮和紅毛也大大地鬆了一口氣。黝暗的天空露出繁星，牠們決定在那兒過夜。

「吃可愛的扁豆囉！」綠皮興奮地拆開包裹。

菊子繼續遠眺四周，研判抵達的位置，下午大鵟的追擊，讓牠毫無進食的胃口。

「可惜！只能吃乾皺的！」綠皮感嘆道。整整一天都未遇到水源，牠現在最想喝水，同時吃到森林裡最新鮮、泛著淡綠光澤的扁豆了。牠檢視藤袋裡的扁豆，好幾顆都因摘採太久，外皮已經褐黃皺縮，有的則因碰撞擠壓而碎裂，滲出一股奇怪的腐酸味。但牠太餓了，皺起鼻子，還是津津有味地大啖起來。一邊吃還欣然閒聊，「不知道以前有沒有豆鼠來過這兒？」

「一路上都沒有任何線索，應該不可能吧？有的話，早已被這片荒原的沙石掩埋了。」紅毛不相信會有任何豆鼠走到這裡過。看看扁豆的樣子，紅毛也沒什麼胃口，勉強咬了一下，實在難以入嚥，乾脆囫圇吞了。

綠皮取了一顆扁豆給菊子。菊子並未馬上進食。牠依舊不得空，從身上的包裹裡取出一卷竹簡，小心翼翼地攤開來研究。

那竹簡裡記錄著一幅簡單的地圖。最右邊畫的是一座森林，有一條黑線從那兒畫出來。彎彎曲曲，繞了很長，但經過的地方盡是荒原，只有兩三筆水源的標記。這條黑線就是牠們一個星期來的旅程。菊子又取出黑色的碳筆，開始在上面注記。同時，把今天所走的路畫了上去。

竹簡的圖案除了這些外，最左邊的角落還畫了另一座森林，但那兒打了一個大問號，似乎是一個未知的地方。

「我開始懷疑，有沒有傳說的這座森林了，也許世界上就只有我們那一座而已。」綠皮看到菊子又再注記，悄聲地感慨著。

「你真是奇怪，既然如此，當初又何必加入探險隊出來冒險？」紅毛原本還護著綠皮，看牠如此喪氣，不禁轉而低聲責斥。

紅毛所言甚是，綠皮不好意思地搔頭。可牠當初報名加入探險隊時並不是這麼想。牠只覺得在擁擠的大森林已經待煩了，出來走走也好，想法就是這麼簡單。

菊子並未吭聲。牠謹慎地將黑線尾端再延伸一小段，表示今天可能走過的路程，以及可能的位置，並注記下日期時間。接著再把竹簡收攏，用繩子妥善地綑好，放回背包。這個竹簡無論如何要保存妥當，帶回大森林去。

想起剛才綠皮和紅毛的對話，不免苦笑。縱使這趟冒險失敗，牠還是要盡力留下這卷竹簡，讓大森林的後代子孫參酌，將來再派出的探險隊伍，不會重蹈覆轍。

不知黃月率領的另一支隊伍一行探查如何，已經一個星期了，是否抵達了另一座森林？如果像自己隊伍的遭遇，恐怕也凶多吉少吧？菊子很擔心牠們的安危，卻又矛盾地希望，牠們和自己一樣遭遇重重驚險的挑戰。

綠皮甫吃完扁豆，突然注意到前面的禿枝，遂好奇地走過去細瞧。

「一路上都是這種枯樹，有什麼好看的。」紅毛看牠走過去，不免嘲笑。

「不，你過來看它的枝條。」綠皮向牠招手。

紅毛走過去，跟綠皮一樣細瞧，這才注意到眼前這棵小枯樹的葉腋，正冒出好幾處嫩紅的小芽。

「這是什麼樹？」紅毛也好奇起來，因為一路上，這還是牠首次見到冒芽的枯樹。

「不知道，以前在大森林裡沒有見過。」綠皮伸手折斷一根，試著輕咬嫩芽，「還不錯，只是有點苦味。」

「小心不能亂吃，萬一中毒，我們可是無法救你。」菊子走過來，鄭重地警告綠皮，「我們帶來的扁豆還有，不需要冒這個險。」

綠皮又聳肩苦笑，特別跟菊子解釋，「我擔心的是扁豆告罄時，尚未找到『歌地』，我們恐怕就必須刨樹根，或者找塊莖了。」

牠們把急欲尋找的森林稱之為「歌地」。一個想像中的美麗森林，比大森林更為豐饒。

「找不到，無臉回大森林，只有死路一條，不需要如此苟活。」紅毛不知想到哪裡，悲壯地申明。

綠皮看菊子和紅毛都如此嚴肅，未再爭辯下去。牠繼續注意四周有無發芽的小樹，這幾日旅途裡，這種小樹，牠曾看過四五回。那些地面看來都比較潮溼。這株枯木四周的環境看來像是暫時枯乾的小河床。牠猜想，假如再循著上游走去，或許不難發現水源。

綠皮又注視到不遠處有一顆裸露的頭骨，牠靠過去檢視。那頭骨顯然才被啃咬過，殘餘的腏肉相當新鮮。

其他兩位也發現了。紅毛急問道，「怎麼回事？」

「這是豆鼠的骨頭，奇怪了？難道還有其他的豆鼠在這兒？」菊子說。

「會不會是黃月牠們？」綠皮失聲道。

「不要亂講，牠們往西北走，怎麼可能在這兒出現。」菊子斥責綠皮，繼續研判。

「骨頭都碎裂了，會不會是大鵟咬死的傑作？還是白狐？」綠皮胡亂問道。

會是白狐嗎？三隻豆鼠面面相覷，不知如何是好。大鵟只在白天空曠的荒原活動。白狐可是連夜晚也會現身。以前，牠們在森林邊緣就常遇見這種神出鬼沒的敵害。面對白狐，只有一群豆鼠的力量才可能驅退，單單牠們三隻豆鼠，只有等著被獵殺的份。

「不太可能，白狐咬的痕跡比較深。可能是荒原乾燥才能保持這樣的新鮮，咬過的動物應該早就遠離。」菊子如此推斷，但其他兩隻豆鼠還是緊張起來了。

「我寧可掉入流沙裡，也不願意被白狐咬死！」綠皮說。

紅毛再瞪牠一眼，綠皮才不好說下去。

天色黑了後，氣溫頓時轉涼。更教牠們煩惱的是，起風了，而且是很強烈的東北風，吹得附近的沙石不斷地翻滾，橫掃。

隔天凌晨，風停了。明淨的月光下，牠們再度揹起乾皺的扁豆與水量不多的袋子，朝西方出發了。昨天遇見大鵟後，牠們更徹底改變行走的方式。趁天亮前疾走一段路，天亮後就躲到枯枝堆或凹坑休息，直到黃昏時再走。

「菊子，你覺得未來的行程如何？」綠皮憂心地問前面的菊子。

菊子未答腔，綠皮明顯地問了一個很愚蠢的問題。過了許久，菊子反而問道，「扁豆還能支持幾天？」

綠皮想了很久，才答道，「兩天。」

菊子仰天看著月光，喃喃自語起來。「或許，我們應該趕快回到大森林，準備更多食物再回來。」

綠皮點點頭，牠已經開始想家了。

「回去的話那就太失望了。我寧可自己像過去的探險隊一樣，消失在這片荒原，唯有記錄在竹簡上的探險事蹟，讓後代的豆鼠子孫們流傳吧！」紅毛堅決地說。

牠的意思十分明顯，就是繼續尋找。不過，菊子如果決定要回去，也只好聽從命令。只是，牠很懷疑，離開時走了一個星期，兩天回得去嗎？

綠皮似乎猜透了牠的心事般，「省一點可以撐四天，回去的路上，哪些地方有水源也比較清楚。」

綠皮一提及水，牠們都覺得口渴了。已經好幾天沒有暢快喝水，水袋的儲水所剩有限，牠們一路都在擔心水的來源。但誠如紅毛所說，雖然不免萌生掉回頭的打算，畢竟不願空手返家，讓豆鼠們嘲笑。牠們繼續走在遠離大森林的路上，朝傳說中「歌地」的方向前進。

走在最後的綠皮發現，月光下的荒原反而呈現一股死寂的美。「雖然不是森林，到處有死亡的陰影，還是美麗的大地啊！」牠在心裡感嘆道。如果不是為食物和水發愁，牠倒是有一番心情想好好坐下來休息，欣賞四周的景色。

「等一下！」紅毛突然擋住菊子低聲喝道。綠皮彷彿才驚醒，不知所措地慌張上前。紅毛嗅聞了一下空氣，覺得不太對勁。三隻豆鼠急忙趴在地面，豎耳傾聽。牠們確定了，不遠的地方真有動物踩踏著沙石的聲音，朝這兒前來。

「白狐！」牠們心裡同時暗叫著這天敵的名字，再次面面相覷，嚇得渾身發抖。這時逃跑已來不及。三隻豆鼠急忙快速挖洞，把自己全給埋入沙堆裡，祈禱著即將到來的白狐漠然不覺，奔跑而過。

月光下的沙丘上，迅速出現了三個不甚明顯的橢圓小沙堆。

那踩踏聲果真愈來愈接近，最後抵達沙堆。來者停了下來，對三個隆起的沙堆似乎充滿疑惑。可是，並未企圖翻挖。未過多久，又緩緩出發了。

沙堆裡一隻豆鼠卻好奇地撥開土塊，朝那隻動物大叫，「黃月！」

喊叫的是菊子，因為牠覺得抵達的聲音太奇怪了，雖然未聽過白狐的踩踏。這個聲音卻十分熟悉，因為每天都聽到，是大森林豆鼠的腳步聲！菊子這一叫，那隻動物停下了蹣跚的腳步，顫抖地轉身，看到菊子從土堆裡冒出時，情緒失控地慘叫，「啊！」旋即虛弱地頹倒在地。

菊子猜得果然沒錯，確實是一隻豆鼠走過。地上昏躺下來的，正是黃月。黃月意外地出現在牠們往西南的路上。

零貳

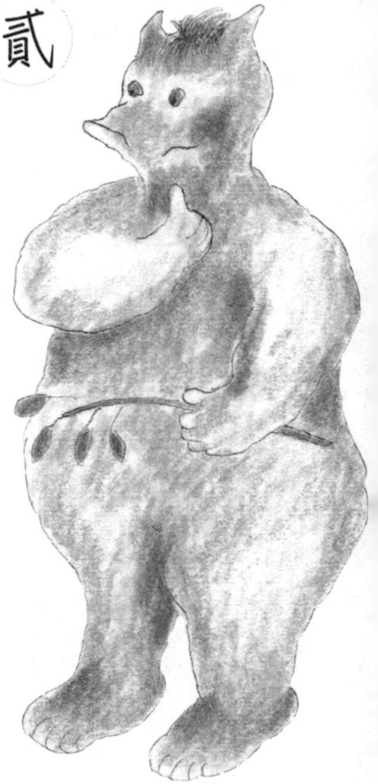

大森林探險隊第一小隊隊長黃月，躺了好一陣才醒來。眼睛睜開時，眼前正懸著一顆暗褐的扁豆，原來是菊子拿給牠吃。牠不僅餓，身體也相當虛弱。可那扁豆太乾硬了，咬了一口便無法下嚥。牠伸手要了水袋，沒幾下就嘰哩咕嚕地喝掉了許多。

綠皮眼睛瞪得斗大，很不情願，但看到兩位隊友都不計較，也不敢說什麼。現在牠們只剩半袋水了。其實菊子內心也抽動了一下，但為了救黃月，只好豁出去。

「你怎麼會出現在這裡？其他隊員呢？」菊子看著氣力虛弱的黃月，迫不及待地追問原由。

「這是哪裡？你們不是……不是向西南走嗎？怎麼會在這裡？」滿臉疲憊的黃月反

而驚訝地問道。

菊子把竹簡取出，翻開來，讓黃月仔細端看目前大概的位置。黃月勉強起身，看完後，頹然坐地，「天啊！難道我迷路了！」

「其他同伴呢？」紅毛繼續追問。

「死了！」黃月喃喃自語，精神恍惚地說，「四名隊員都被大鳶捉走了。」

聽到這個不幸的消息，三隻豆鼠又心驚又難過。牠們也懷疑自己還能撐多久，不要說「歌地」，現在要回去似乎都有些困難了。

可是，真的沒有「歌地」這個地方嗎？前幾年，當豆鼠汲汲思索出路時，看到許多奇怪的鳥類，從別的地方飛來，牠們依此研判，世界應該不只這個大森林而已。為了尋找更好的環境，有些決定離開森林，進入荒原去找新的林子。但住在大森林的豆鼠離開以後，從未見到回來過。

很明顯的，出去只有死路一條。正如牠們祖先所說的，除了大森林，豆鼠們沒有地方可以生活，荒原就是這個世界的極限。

就在豆鼠們都死心時，有一天，一隻豆鼠在採扁豆時，意外地從鶇科鳥類的巢裡，撿到了殘破的竹簡。這些竹簡的材質殊異，還有竹簡上的圖案，一看即知絕不是大森林豆鼠習慣的表現手法。

豆鼠們雖無從判斷這些竹簡從何而來，卻知道，這種鶇科鳥類在繁殖期一定回到大森林，竹簡上的圖案雖模糊不全，很難辨認。但竹簡的材質透露了一個很清楚的訊息。除了大森林以外，至少還有第二座森林，可能還有豆鼠族群，很可能在西邊。

至於，為何叫「歌地」，沒有豆鼠知道淵源曲折。總之，後來都習以為常，以「歌地」稱呼這個尚未揭開廬山真面目的地方。

一個多月前，大森林裡便挑選志願者加以訓練，有計畫地派出兩支隊伍，出發去尋找「歌地」。牠們必須通過體能、打鬥和智慧的測驗，綠皮和紅毛等年輕力壯的豆鼠便是從中挑選出來的好手。黃月和菊子則是豆鼠長老們公推出來，體能、智慧和經驗都是一時之選的隊長，兩支隊伍便由牠們帶領。

那隻鶇科鳥類是從西方飛來，因此，黃月便帶領一支向西北行，菊子則帶著紅毛一行朝西南走，去尋找傳說中的「歌地」。

只是菊子一行絕沒想到，竟然在此和黃月相遇。

黃月恢復平靜，努力撐起身子，看著眼前的三隻豆鼠，激動地一一握住牠們的手。

「接下來，你們打算如何走呢？」黃月好奇地問道。

菊子沉思道，「食物已經吃得差不多，我有打算，暫時先回大森林再說吧！」

黃月沉默不語，過了好一陣。

菊子也不知想起什麼，突然探問，「你身上有沒有竹簡？」

「我在逃難時，竹簡已經不知去向。」

紅毛心裡暗想，難怪你會迷失方向！菊子再將竹簡遞給黃月。黃月小心翼翼地打開，指著昨晚菊子最後畫過的位置，「你們的運氣很好。如果，我沒有猜錯，『歌地』就在前面不遠的地方了。」

紅毛和綠皮聽到了，喜形於色。

黃月繼續說道，「從這裡出發，向西北走，大約一天的路程後，就會看到，遠方的地平線上，有一座巨大而暗黑色的高原如城牆般矗立著。我們曾經到達那兒。可是，準備攀上高原時，遭到大鵟攻擊。只剩下我幸運地脫逃。」

「怎麼可能是前面？」菊子不太相信，黃昏時，前方的地平線仍是一片灰濛濛的沙地，完全沒有山脈的跡象。

「你還記不記得，破竹簡上面的黑點？」黃毛反問。

菊子點頭。牠還記得為了那塊黑點代表什麼，自己和黃月激烈地爭執過。菊子認為那是一座高原，黃月卻懷疑，那是不小心沾到某類礦物的粉末所造成的汙漬。

為了這事，在長老會會議時，牠們爭得面紅耳赤，有段時間還不講話。而這一次尋找「歌地」，牠們豪爽地接受任務，各自帶隊去探險，多少也想證實這塊黑點為何。

黃月望著菊子，帶著歉意說，「我想你是對的。」

菊子點頭，似乎表示理解。但牠現在毫無勝利的感受，黃月遭遇的驚險，讓牠隱然感覺，前面有更大的困難。

黃月繼續補充，「雖然我未爬上高原，但我相信那塊高原上面就是『歌地』。只是從這兒前去的路上，大鵟和白狐都不少，必須想個避敵的方法。」

菊子聽完後沉默不語，心中懷疑黃月是否有其他用意。

綠皮和紅毛都十分興奮。紅毛更是激動地叫道，「我們還等什麼，趕快上路吧！」

綠皮看菊子低頭不語，知道牠在謹慎斟酌。但這回牠是站在紅毛這邊，遂欣然道，「食物的量絕對可以支持到高原。」

菊子猶疑地盯著黃月，「若要盡快趕到那兒，恐怕連白天都得趕路，你有把握嗎？」

黃月虛弱地點頭。

「你竟然還能撐到這裡，也算不簡單了。」很少誇讚隊友的菊子，刻意拍拍黃月的

肩膀示好。

黃月愣了一下，突然覺得這位個性好強的競爭對手，似乎因這趟旅行有所改變。但再細想，或許是自己的失敗，讓牠產生同情吧？這一想，愈發覺得菊子的安慰不僅綿裡藏針，還充滿勝利的驕傲，突然讓牠不舒服起來。

菊子看黃月望著自己發怔，瞬間也有點不自在，「那兒有水源嗎？」

「我未注意到，可能沒有。」

「整個豆鼠的未來，或許就在這一次的探查，我就是死了也甘心。希望你能引領我們去那裡。」紅毛在旁慷慨激昂地插嘴。

黃月聽紅毛的語氣如此壯烈，倒是嚇了一跳，心想，自己的隊伍裡若有這樣的勇士，或許就不會遭遇重大的挫敗了。

菊子被紅毛的豪氣所催促，不再猶豫，「好吧！你們若都要去，我也不便再堅持什麼了。但我還是要再一次提醒，各位心裡要有所準備，這可能會是一趟有去無回的旅行，我們所帶的食物只夠我們往前衝。如果前面沒有森林就完了。」

其他豆鼠也意識到，此次有去無回的機率相當大。

「那麼還是請黃月兄帶頭。我會囑咐牠們不准隨便超前。」菊子話說得婉轉，但還是隱隱暗示著，自己是整個隊伍的領隊。

「天快亮了，大家要小心天空是會否有大鵟！」黃月高聲提醒大家，心裡很清楚菊子也在提防牠。

「黃月兄，如果太累了，我可以幫你背一些東西。」紅毛體貼地靠過來分擔。

綠皮卻在後頭捧腹笑了起來。

「什麼事能讓你這麼開懷？」紅毛不解地詢問。

「沒有什麼，我只是想到，自己不在大森林時，會不會有別的豆鼠住進我的樹洞？我不習慣別的豆鼠住過的家。」

「這事有什麼好笑？」

「我笑自己怎麼還在為這種事煩惱。明天還不曉得能不能活著？竟然還會想到這事，就覺得很荒謬！」

「好吧！上路了，不要說這些喪氣無意義的話了。」紅毛再次催促。

「等一下！」菊子在後頭，突然出聲喝止。

其他豆鼠愣住，到底發生了什麼事呢？

零參

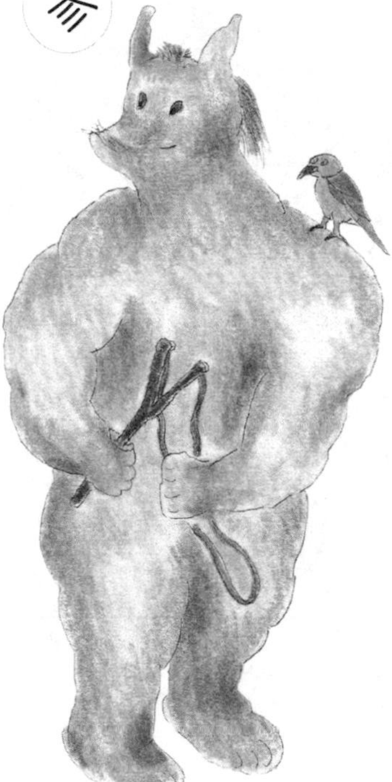

菊子從身上取出一根藤繩。

「你要做什麼？」綠皮走近瞧看，發現不過是藤繩而已。

「昨天，我想到一個方法。等一下若是大鵟襲擊，或許可以用一種方法脫身。」菊子一邊解釋，又抽出一根路邊撿到的樹枝。迅速用繩子的一端綁在後頭。「如果遇到大鵟，來不及躲避到坑洞時，不要慌張。我們全部拉著繩子跑，或者繞圈，會掀起大量塵土。大鵟飛下來，要捉我們時，一遇到塵土便無法有效地攻擊。」

「嗯！好主意，如果早知道，其他同伴就不會……」黃月感傷地說道。

話未說完，牠隨即仰天長嘆，頭也不回地繼續往前走了。其他豆鼠緊跟在後，依次是背著食物包裹的紅毛和綠皮，菊子變成殿後了。

四隻豆鼠排成一線，像爬行在空地的小螞蟻般的渺小，在起伏的沙丘上上下下。有了藤繩的避敵方式，牠們不再躲躲藏藏，盡挑開闊的地方前進，速度遂增快許多。

綠皮雖然很興奮，但也不免困惑，大森林豆鼠未來的命運，難道就這樣背負在我們的身上？靠著少數幾隻豆鼠的發現，就可以扭轉嗎？萬一我們選擇了錯誤的方向，或者真的找到了一個難以想像的空間，豆鼠的世界又會如何？

綠皮也想到水源的問題，牠覺得先前發現發芽的枝頭一定跟水源有關，如果能再沿枯樹林走，有可能遇見更多發芽的禿枝，甚至水源了。只可惜整支隊伍繼續朝開闊地前行。

紅毛相當擔心黃月的體力，不時詢問黃月的狀況如何？同時，又不斷焦急地估算時間。若按黃月所說，應該快看到高原了，怎麼連一點跡象都沒有。地平線依舊雲氣靉靆。牠恨不得丟下包袱，衝到那些雲層的下方眺望。

正午的陽光愈來愈熱，曬得牠們有點吃不消，速度漸漸變緩。黃月的身子還未恢復，紅毛的體力最好，乾脆就幫牠背負包裹了。又走了好一陣，依舊未看到高原。菊子開始懷疑是否走錯了，但黃月堅持繼續走。

到底誰是隊長呢？菊子有點不快，隨即想到，第一隊的成員有好幾位都很不錯，先前也不知牠是如何帶的，竟把第一隊帶到一隻都不剩！牠覺得最好還是休息，硬是趕路，造成疲憊過度，只會帶來更大的危險。

菊子愈想愈不安。更進而揣測，黃月是否會因失敗了，也不想讓第二隊成功，故意把牠們帶到同一個險境，大家同歸於盡？菊子正要發出命令，阻止隊伍前進。

突然間，發現地面有一道黑影急速移動過來。

「大鷲來了！」黃月大叫。

菊子也驚急地大吼，「快點取出藤繩！」邊說邊取出來，帶頭便繞圈，拖出滾滾的塵土。

其他三隻豆鼠聽到了，慌忙地從背包取出藤繩和樹枝，快速地跟著繞起圈圈。一時間塵土飛揚，像是山崩石落的場面。這招果然奏效，適才興奮飛抵的大鷲，看到飛沙走石，果真不敢貿然飛下，但依舊盤旋於塵土上空，遲遲不肯離去。

大鷲雖不敢下來，豆鼠們卻發現，繼續這樣跑下去也不是辦法。菊子原本想趁著大鷲不注意，往枯枝裡躲，偏偏附近沒有先前屢見的枯枝叢了。而黃月已經體力透支，頹然坐倒地面，不僅無法繞圈了，恐怕也寸步難行。

紅毛向菊子大喊，「這樣恐怕不行，我們還是要往前移動。」

菊子喘噓噓地問道，「你可以背黃月嗎？」

紅毛信心十足地點頭，依舊仗勢著自己有好體力。

「好，我們出發吧！我在左邊，你們在中間，綠皮在右方！」菊子命令後，馬上拉著藤繩往前跑。

紅毛隨即卸下包裹，嘴咬著藤繩，背起黃月跟在菊子右方。綠皮則幫牠背起包裹。

大鵟看到牠們移動，繼續跟在上空盯稍。現在，牠清楚地看到三個小黑點了。可是三個小黑點後面的塵土依舊困擾著牠。牠還是無法從背後精準地攫取豆鼠。可是，牠的腦海馬上浮昇一個新主意。突然快速拍翅，飛向前方，準備從前面衝撞。

豆鼠們看到大鵟超前飛出，不免愣住，隨即知道了牠的目的，機靈地停在原地繞起圈子。讓大鵟白飛了一段，不得不放棄剛才的策略。可是，牠馬上又想到另一個更好的法子，旁邊剛好有一個略高的小丘，乾脆就在那兒停棲，緊盯著豆鼠轉，看牠們能轉到何時。只等豆鼠們累癱了，再從容撲上去。

鬥智到這裡，豆鼠們發現整個隊伍已陷入了一個極度危險的絕境。牠們必須不斷地繞圈，而大鵟卻只要在沙丘上休息，等著牠們全部累垮，就可以輕鬆地逐一解決。

「不能再這樣下去，快點想一個解救方式！」綠皮大叫道，「我快撐不下去了。」

菊子神色凝重，不知如何回答。雖然其他同伴未怪牠，但牠心裡卻充滿內疚，畢竟方法是自己提出的，現在總該想個破解之道。

綠皮眼看不是辦法，突發奇想。牠喘噓噓地說，「這樣下去我們會全部給大鷲吃掉。我建議，我們之中有一位先跑，讓大鷲追，把牠引開。其他再跑，讓大鷲不知所以。天黑時，我們再設法碰頭。這是唯一的機會。」

「好主意！就讓我來冒險吧！黃月兄麻煩你們照顧囉！」紅毛興致昂揚地唱和道，牠一直對自己的跑步很有信心，想和大鷲較量看看。

菊子仍未吭聲，無法下定決心。牠很贊同紅毛的想法，但又有一些不同的思考角度。或許這不是誰該先跑的問題，而應該是放棄某一位。如果黃月未出現，以牠們的體力和速度，絕對可以脫離險境。牠覺得應該和黃月溝通，以大森林的大局為重。

菊子愈想愈覺得合理。心意既決，正要阻止紅毛，卻大吃一驚地看到，有一隻豆鼠已經率先衝出了。牠來不及阻止！到底是誰呢？不是綠皮，也不是紅毛。竟然是先前疲憊地頹坐在地面上的黃月。

黃月早就看穿菊子猶豫不決的原因，趁紅毛放下牠的剎那，故意奔向大鷲停棲的方向，這純然是抱著必死的跑法。

眼看著牠踉蹌地往小丘奔去。綠皮和紅毛當場愣在原地，不知如何是好。

等紅毛意識到這一必死的悲壯，正想衝過去時，卻被菊子攔腰擋住，「沒用了，牠知道自己只會拖累大家。我們不要辜負牠的心意，快跑吧！」

大鵟早已發現黃月奔離隊伍，雙目厲光一閃，興奮地升到半空。就在菊子一行往另一個方向逃離時，撲向了黃月。

菊子一行繼續快跑。跑了一段路，還來不及回顧黃月的情形。遠遠地，又有一對大鵟自地平線升起。牠們抬頭看到時，手腳都發冷了！

「你們先走吧！換我來引誘牠！」紅毛頓時停下來，正義凜然地大吼，準備往另一個方向衝。

「不要呆了！這樣不一定有用。」菊子生氣地拉住牠，大聲叱喝道。

紅毛依舊執意要跑，綠皮也趕過來拉住。

三隻正爭執不下。那對大鵟已經迅速飛至，牠們閃避不及，只好將藤繩往上丟擲，設法干擾大鵟，但大鵟們並未受到影響。牠們眼看大勢已去，即將坐以待斃。

突然間，不知何因，狂風猛然吹起，整個荒原飛沙走石。牠們大喜過望，隨即趁著風沙的遮蔽，從容地挖地鑽了進去，幸運地逃過一劫。

零肆

暴風平息時，天色已近黃昏。

綠皮從土堆探出頭，眼看四下寂靜，站起身，將沙石抖落，拍淨。大鵟們顯然被暴風趕跑了。牠眺望著天空，被眼前瑰麗的景色迷住。地平線上，晚霞正把天空暈染成一片多層次變化的金黃色澤。風似乎已經跑到那兒，正在追趕著一些疾走的雲彩。這景象若長年居住在大森林，終其一生恐怕無法目睹，牠暗自讚歎著，即興吟起一首短詩：

寧靜而詭譎的金黃
記憶裡一個最遙遠的不安
佇立在無法返鄉的路上
我和它結伴

黃月應該已經死了，化做這荒原的一部分了，或許這景象就是為黃月而展現的吧！牠默默地哀悼後，繼續向四周觀察。

牠巡視了一些夕陽已無法照射到的地平線，卻嚇了一跳。就在遠方漆黑的一隅，牠似乎看到了一大片聳崎如山巒的景觀。莫非那裡就是黃月說的高原？綠皮不太敢相信。再揉眼睛，仔細瞧，山巒的輪廓更

加清楚，牠們真的到達高原了！

「嘿喲！快點出來，高原到了！高原到了！」綠皮高興地大叫，蹦跳著。

其他兩隻豆鼠聽到綠皮的歡呼聲，迅速從沙石堆裡翻出。紅毛睜大眼睛，順著綠皮指示，看到那遠方黑色的山巒形狀時，高興地抱著綠皮，一起跳起舞來。

菊子沒有吭聲，坐在地面，望著白天前來的方向，似乎在為不久前黃月的犧牲而感傷。檢視竹簡，確定無恙，才走向牠們。綠皮和紅毛看到菊子面帶憂容，遂停止了舞蹈。

「菊子，黃月已經死了，現在要面對事實，高原就在眼前。我們也休息夠了，待會天一黑，就趕快出發吧！」紅毛催促道。

「你們太年輕了，還不知道死亡的意義。不知道黃月為何要捨身。」菊子嘴巴雖這麼說，但心裡估忖著，自己可不會像黃月那般死法，什麼都未留下。這一趟若失敗，或是遭遇不測，也要留下竹簡，讓以後的豆鼠子孫知道這段事蹟。

紅毛在旁聽著，還以為菊子說牠膽子小，不服氣地說道，「我說過我來當誘餌的，只是牠比我先衝出去。」

「不一樣，黃月是抱著犧牲的決心，我都懷疑自己有無那種氣魄，而你，你只是一股血氣之勇罷了。」菊子嚴肅地向紅毛說道。

「我不覺得這有什麼差別。」紅毛憤然答辯，轉而回頭問綠皮，「你認為如何？」

綠皮搔搔頭，很為難，不知站在哪一邊好，「現在好像不是爭這個的時候吧？」

菊子不理牠們了，好像想起什麼，兀自再取出竹筒，把高原的位置畫在上面。

「咦？我的包裹呢？」紅毛突然發現自己的包裹不見了，「我在背黃月時，不是交給你了？」

「糟糕！我大概是弄掉了。」綠皮充滿歉意，摸摸頭，「好像連最後一袋水也沒有了。我身上只剩這幾顆扁豆了。」

「每次交代事情給你，都不知道你在想什麼。」紅毛氣得把藤繩樹枝一併摔到地面上，「都是這個爛東西害的。」話一說完，馬上就朝那黑色的高原走去。牠借題發揮，其實也在生菊子的氣。

綠皮頓足大叫，「等一下！菊子，我們快點走吧！」急忙揹起自己的包裹，跟在後面出發了。

菊子再度望著黃月死去的方向，不免慨嘆一聲！黃月這回真的是輸給牠。但牠不想再如此看待，將來回到大森林以後，牠還是會在長老面前報告黃月的貢獻。如果沒有黃月的指引，牠的隊伍根本不知道如何走到高原。黃月雖死，但功不可沒，應該獲得表彰。

零伍

黑夜趕路，白天躲在土坑裡。高原愈來愈清楚，也愈高愈大。又經過了一天，什麼大鷲也未見到，牠們終於抵達高原旁。

一道彷彿和天際連接一起的巨大長牆。但牠們已無力氣爬上去，因為一天未喝水，食物又剩下不多。牠們拖著幾近癱瘓的身子勉強抵達。

高原的山腳依舊是禿裸的岩石，幾乎沒有任何植物。抵達後，先四處尋找水源，結果一點跡象都沒有。再不進水，牠們的身體撐得住嗎？能翻上高原嗎？

紅毛好渴，好失望，生氣地躺在山腳，不願意跟其他兩隻豆鼠講話，卻又不知如何是好。

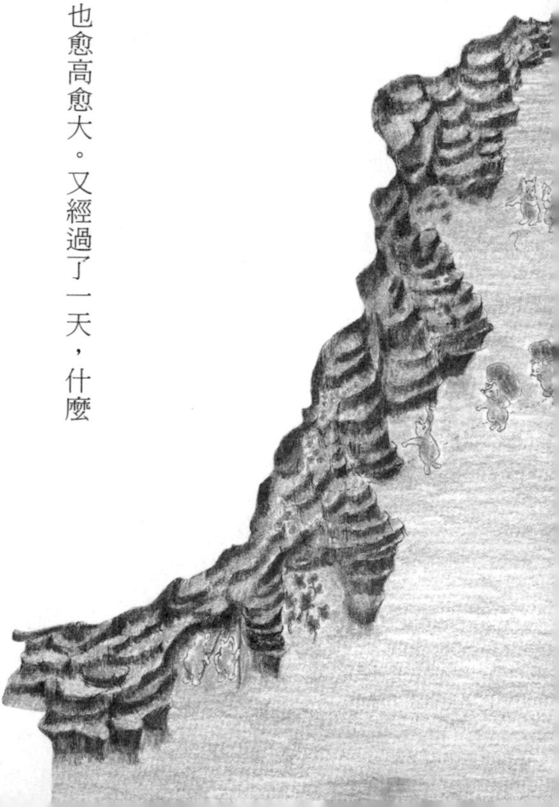

菊子則繼續在竹簡上描繪行程，對牠而言，這似乎是意料中的事。牠彷彿只在乎竹簡是否能清楚記錄牠們的冒險過程和路線，未來如何走並不重要，能走一步就算一步。

綠皮要躺下來時，又看到了旁邊有一株發芽的小樹，牠好奇地折斷一根枝條試咬，再細細咀嚼，正是先前遇到的那種。

小樹不只一棵，牠試著循小樹分布的方向往前。沒幾步路，繞個小彎，驚異地看到又有一株已經長出了三四片橢圓的肥厚小葉子。這是離開大森林以後，看到的最漂亮的樹了。更往前，這種小樹又逐一出現，竟然有三四十來棵，難道這裡就是「歌地」附近了？牠正起疑，又一個轉彎口，發芽或長葉的小樹已經不再，都是枯枝的景觀了。期待著能發現水源的希望落空了，向來樂觀的牠，不免頹坐在地上，呆望著樹枝。

綠皮呢？紅毛躺了一陣，發現綠皮失蹤，急忙起身，循著剛才牠離開的方向走去。牠也注意到了那株發芽的小樹。接著，又驚訝地看到幾十株。牠望著前面的轉彎口，看見綠皮正面對著小樹群，還在愉悅地哼歌呢。

「什麼時候了，你竟然還有心情唱歌？」紅毛咕噥道。

看到紅毛走近，綠皮愈加得意地吟詠著：

大部分的夢無法具體
只好以肥厚的綠色葉片
站出整個沙地的希望

「老天，什麼時候了，還敢吟詩。你是怎麼被選上的？請認真面對事實，快點想辦法解決水源和攀爬高原的問題吧。」紅毛再斥責綠皮。牠向來討厭作詩，看到綠皮又在那兒賣弄，更是不快。

牠和菊子都以為，大森林就是被一些只會吃，還有一些整天沒事寫詩，屢屢在裝憂鬱的豆鼠所搞壞的。晚近大森林才有規定，像詩這種頹廢又墮落的東西，只能在少數集聚的小空間，譬如山洞或草窩裡，一小群的討論吟誦，絕不能在公共場所，免得傳染給

年輕豆鼠。

「你難道沒看到我手上的東西嗎？」雖然好不容易有了隨興朗誦的空間，綠皮還是不好爭辯，轉而搖晃手上的東西。

「這是什麼？」紅毛好奇地接過去細瞧。

綠皮洋洋得意道，「眼前這種小樹的塊莖。」

「做什麼用？它能吃嗎？」紅毛取過來，捏了一下，隨即縮小，扁皺成更小塊，可是表皮卻滲出許多水滴來。紅毛大驚，「這是……」

「沒錯！這種植物的塊莖可以儲水，這是它能在荒原維持生存的方法。」

「能吃嗎？」紅毛在乎的還是這個。

「剛剛試過，還不錯。」綠皮說著，又把塊莖取了過去，用嘴吸吮了起來。

紅毛有點猶豫，但看到綠皮舔吮得十分暢快也就顧不得了。搶過來，猛力吸食，沒兩三下，那塊莖已經被牠吸得扁皺。綠光又自另一棵樹挖出一顆。兩隻豆鼠吸吮得開懷大笑。

牠們再將剩餘的塊莖帶回去給菊子，喜孜孜地向牠報告。菊子聽完露出難得的笑容。

接著，牠們把剩餘的扁豆分成三份吃完。但實在太累了，必須小睡一陣，才能有充足的體力攀爬。

決定後，菊子和綠皮倒頭便酣然大睡。紅毛睡沒多久便驚醒過來，牠是被綠皮如雷的鼾聲吵醒的。牠原本還想再睡，但想到再過一會兒就要爬上高原，發現「歌地」，就輾轉難眠。不久之後，牠們就可以光榮地回到大森林了。這是多麼至高無上的榮耀，從小有記憶以來，在大森林，有誰曾立過這樣輝煌的功勞呢？

等回去以後，牠無疑就能接受表彰，說不定還能以最年輕的身分進入長老群，受到其他豆鼠的尊敬。但待會兒無論如何要特別小心，那可能是最危險的一段，如果在天明以前，沒有爬上高原，大鵟來了，恐怕連溜走的機會都沒有了。

紅皮為此竟有些憂心，再也睡不著了，來回尋找著適合攀爬的地點。

「從哪個方向爬呢？」綠皮醒來時，首先想到的也是這個問題。眼睛所能看到的幾乎是垂直聳立、不見頂端的高大崖壁。牠有點怯意，不禁打了個冷顫。

紅毛未發現適當的地點，可是一點也不在乎。雖然體力狀況不甚好，但牠的鬥志相當高昂。「『歌地』！我來了！」牠在心裡興奮地默喊道。

沒多久，菊子也醒來，把小樹記錄好。牠也懸掛著攀爬之事，酣睡一陣便乍醒，之後半睡半醒，並未睡好。紅毛和綠皮都望著牠。菊子也不說什麼，當下毫不考慮便決定，就從眼前的山壁爬升。紅毛依舊率先上去，綠皮殿後。出發前，牠們挖了塊莖，各自帶了一顆，以及攀爬用的藤繩。

一路上，山壁既禿裸又陡峭。牠們難以找到一個適合休息的位置，更遑論躲藏。這樣的環境讓牠們一路充滿莫名的恐懼，加上先前黃月曾說過大鵟會在黎明時來攻擊。牠們攀爬的速度不知不覺加快許多。但爬不到半小時，體力都漸感不支，連紅毛都有些喘不過氣。還好，上去一點後，終於有稍微突出的空間，可容佇立、休息。

只是山壁愈來愈險峻，頂端彷彿仍很遠。紅皮開始懷疑自己是否能夠登上高原。牠等了好一陣，隊友才辛苦地爬上來，接近牠。牠們似乎筋疲力竭，無法再往上了。

眼看日出迫臨，一刻也不容耽擱。紅皮自忖體力尚可，或許可一鼓作氣，先衝上山頂，再想辦法拉牠們上來。隨即，向綠皮和菊子說道，「你們把藤繩都給我。我先上去，找個固定的地方綁繩子，再放下來，讓你們拉繩子上來吧！」

紅毛說完，取得牠們的藤繩，便率先攀上去了。

過了好一陣，菊子和綠皮仍未聽到聲音，有些疑慮，正要往上大喊，一條藤繩已經貼著峻峭的岩壁垂下。菊子和綠皮大喜過望，興奮地拉緊藤繩攀上去，怎知那只是中途，離山頂還有一段距離。

紅毛再度揹起藤繩，又先行出發。就這樣重複著，一段又一段地向上攀。終於，牠們依稀感受到明亮色澤。也不知那是天明，還是崖頂的光亮，或者兩者都有。牠們只是痲木地繼續攀爬，無從分辨兩者的差異。

陣陣冷沁的寒意襲來，不僅風乾了牠們的身子，更讓牠們的爬行愈加吃力。爬在前頭的紅毛最辛苦了，牠必須不斷地搓揉雙手生熱，方能靈巧地抓緊藤繩，在前面探路。牠暗自渴望，希望白天時，天氣暖和些。如果上面的高原也那麼寒冷，縱使爬了上去，恐怕也會凍死。牠回頭看東邊的天際，天色已近魚肚白了。

又不知過了多久，紅毛繼續死命地往上攀，累得不知周遭有何動靜，只是一味往上。若有大鵟出現，絕對可輕易叨走牠。

牠仍不斷地伸手尋找固定而突出的石塊或樹莖。終於，有一回，牠手拉高，什麼都搆不著，沒東西可以抓了。牠似乎摸到一塊較為平坦的台地。牠奮力頂蹬，心裡不禁興奮地期待，「我到了！」

菊子和綠皮抬頭，似乎看到紅毛已經上了最高點。怎知上去後，卻未再發出任何聲音。牠們不免擔憂，是不是有什麼不對勁呢？等一條藤繩再度放下，牠們寬心地爬上去後，卻傻住了。

眼前的光景比先前旅途的荒原更加粗獷。荒原偶爾還有枯枝堆，這兒似乎連一根草木都無法生長，都是粗大的硬石礫層層堆疊。牠們站立的腳下，是一塊鐵鏽色的大地，礫石遍布。有一種洪荒誕生，或世紀末日的蒼涼之感。總之，牠們所能想像的地表最壞的情境，就在腳下展開。

「怎麼會這樣呢？不是應該有林子嗎？」早就呆立的紅毛，繼續喃唸著這句話。

「我不該相信黃月的！」菊子苦笑，坐下來，取出竹簡，畫了一個枯骨的形狀。

綠皮走到紅毛旁，悄聲說道，「唉！令人充滿絕望的顏色。」接著，牠又搔頭、撫肚，「肚子好餓。」

「你居然還能苦中作樂。」紅毛撿起一塊石子，奮力投向高原下的荒原。

「不樂觀一點，這趟冒險會成為太重的包袱。」綠皮無奈地聳肩。

「說的也是！」紅毛不知如何是好，插腰答道。

其實，綠皮比較苦惱的是，忘了背更多小樹的塊莖上來，這一想，又不自覺地摸著餓了的肚皮，「如果現在有十顆新鮮的扁豆，我也能全部吞下去。」

菊子聽到牠們的對話，不爽地咕噥一聲，「你們這些年輕的豆鼠光是想到吃，肚皮愈來愈大。森林就是被你們這樣吃掉的！」

紅毛知道牠主要是在批評綠皮，只是用詞不當，傷到了牠。不免有些不快，卻見綠皮，偷偷在背後裝鬼臉。

太陽已經爬升到高原上了。牠們享受著一股陽光的暖意，稍感一絲安慰和舒服。

方才菊子教訓的口吻，仍讓紅毛耿耿於懷。牠撿起石塊準備往高原下丟擲。突然間，看到日出的方向，正好有一個黑色的身影，正朝高原懸崖緩緩盤升。

紅毛顫聲道，「糟糕！大鵟又來了！」

其他兩隻聽到了也渾身發抖。高原地面的石礫太硬了，牠們無法挖地洞躲藏。趁著大鵟還未發現，牠們小心翼翼地排成縱隊奔跑，還生怕踢起任何塵土。但那大鵟的眼睛是何等犀利，從老遠的天邊，就清楚地看見牠們的動靜。拍了兩三下翅膀，已迅速抵達高原上空盤旋。牠們急得不知如何是好，只能絕望地繼續向前奔。

大鵟何等精明，似乎知道豆鼠已經無處可躲。第一次飛下來時，故意在牠們頭上譁然掠過，掀起一陣巨風，驚嚇牠們。等第二次飛降，再故意驚嚇時，豆鼠的行列便亂了，各自慌亂地奔跑。

這下子，牠可以輕鬆地一隻一隻解決。第三次，大鵟再繞回，便對準了腳步踉蹌的一隻撲過去。

大鵟撲殺的是菊子。牠輕輕地用強而有力的爪子攫取，菊子毫無反抗能力地被牠抓起。綠皮和紅毛停下腳步，絕望地回頭看時，大鵟已經要往上飛。然而，一個不可思議的奇蹟發生了。

十來顆石塊，從綠皮和紅毛頭上橫飛而過，直朝大鵟身上筆直射去。大鵟被其中的一顆擊中翅膀，非常痛苦，不得不雙爪一鬆。菊子猛然掉落。這時，石子又陸續飛來好幾顆，害得大鵟慌忙地拍翅遠離。

紅毛和綠皮可沒想到，天下竟有這等奇事出現，素來無敵的大鵟竟然被打得落荒而逃。綠皮急忙跑向菊子掉落的地方。所幸菊子只是被大鵟抓起，尚未遭受利爪撕裂、戳刺，反而是剛才從空中的摔落，讓腰部和腿都跌傷了，背也嚴重擦撞，奄奄一息地躺在地面上。

紅毛非常驚訝剛才那一景，馬上轉頭觀察擲出石塊的地方。赫然發現，一群奇怪的動物正向牠們緩緩圍攏過來。

零陸

紅毛和綠皮守護在菊子身邊，緊張地注視著這群逐漸縮小包圍的動物們。

牠們顯然也是豆鼠，不同的是，清瘦許多，一看即知不是大森林的豆鼠。這些豆鼠身上都攜帶了造型奇特的枯木和繩子。剛才在天空擊中大鷲的石塊，顯然是從牠們身上握持的這種武器發射。

這時圍攏的豆鼠裡，有一隻大步走了出來。牠的耳朵明顯地缺了一邊，看來像是整支隊伍的首領。牠凝視著紅毛和綠皮，忍不住噗哧笑出，「好大的肚皮！」

綠皮和紅毛愣怔之時，牠還好奇地把手伸到綠皮的肚皮上，摸了一下。又想摸紅毛的，但看紅毛雙目厲芒一閃，才不敢造次。

缺了一隻耳朵的豆鼠隨即正經八百地問道，「你們是從哪裡來的？」

牠問話的聲音略為高昂，讓紅毛覺得對方的問話太直接了，充滿挑釁與不屑，遂不甘示弱地反問道，「你們呢？」

「大森林！」綠皮怕紅毛跟牠們起衝突，急忙搶答道。綠皮發現圍攏過來的豆鼠們，不僅肚子小，動作也相當輕巧。不像牠和紅毛都像一個肥胖的扁豆一樣。

「大森林？喔，有這樣一個地方？不是已經剩下廢墟了嗎？」那隻豆鼠疑惑道，然後，再仔細地打量牠們兩個，似乎仍在注意肚子。

紅毛認為這隻豆鼠的問話分明已侮辱到大森林和自己了，握緊拳頭，準備揮拳揍牠了。所幸綠皮箭步向前，及時攔擋。

綠皮發現，對方雖是豆鼠，口音比較低沉。沒想到除了大森林外，這世界上還有其他豆鼠存在。會不會是「歌地」來的豆鼠呢？正想開口問「歌地」的事。

紅毛已率先出口，牠推開綠皮，大喝道，「廢話少說，你們到底要什麼？」

「你們不感謝我們，居然還出言不遜！」那隻豆鼠不甘示弱地瞪著紅毛，兩邊似乎卯上了。兩隻站在一起，明顯地就看出紅毛身材遠比那隻豆鼠大了許多，可是那隻豆鼠身上還持著一把尖尖的武器，如果打起架來，紅毛還是吃虧的。

兩邊起衝突時，又有一群豆鼠圍了過來。其中一隻豆鼠氣咻咻地闖進，站到紅毛和那隻豆鼠中間，橫攤著手，擺明了不准打架。

牠大聲威嚇道，「缺耳隊長，這次是我帶隊，請你退下，由我來處理。」

那叫缺耳的憤恨地瞪了紅毛，很不情願地退回隊伍裡。

沒想到那隻豆鼠真叫缺耳，綠皮不禁捧腹笑了起來。

「你笑什麼？」擋在中間的豆鼠不解問道。

「喔，我笑你們的肚皮很小，我們的卻很大。」綠皮隨便找個理由解釋。

「我叫青林，請問你們從哪裡來的？」新來的豆鼠先自我介紹，試圖化解紅毛和綠皮的敵意。

「不是跟你們早說過了嗎？大、森、林。」紅毛不快地逐字唸給牠們聽。

「啊！大森林！沒想到它真的還在？」青林臉色大變，再仔細端詳了綠皮和紅毛的形容，未再追問下去。反而走到菊子面前檢視，菊子依舊未清醒。青林又開口了，「還好只是一些挫傷，不過，還是得休息個三兩天。」

青林決定邀對方同行，「要不要跟我們一起回米谷？」

「米谷？」綠皮和紅毛面面相覷，不約而同地懷疑，莫非那就是牠們尋找的「歌地」？

拯救牠們的豆鼠將菊子放到一具擔架上，由四隻豆鼠扛著走。這支部隊朝高原的西邊出發了。

「你們住的森林是不是叫『歌地』？」綠皮迫不及待地問道。

「『歌地』？沒聽過。」青林回答，「先談談大森林吧？那是個怎樣的地方呢？」

綠皮一口氣便把大森林的情形和自己一路的冒險都講給青林聽。

「難怪你們的肚子會這麼大！」青林笑得十分開心。

牠簡單地把米谷的情形告訴了綠皮和紅毛。原來青林居住的森林就在高原盡頭，還需要走一天的路程。至於，那座森林是否就是綠皮和紅毛所認定的「歌地」，青林並不甚清楚。住在這座森林的豆鼠們，通常稱呼自己的森林叫米谷，又稱自己的族群為高原豆鼠。

青林還告訴牠們，米谷也是由一群長老統治。但米谷的森林太小，扁豆有限，牠們除了吃扁豆外，還發展出吃其他副食品的方法。最近牠們懷疑高原東邊也有適宜這些副食品生長的環境，遂試著前來探勘。

只是高原附近的大鵟和白狐數量非常多，高原豆鼠常遭攫捕。牠們出門時，一定會隨身攜帶武器。這些武器都是高原豆鼠發明的。剛才，牠們投擲大鵟的發射器，便是一種用木枝製作的彈弓，近距離時可以把大鵟打傷。通常高原豆鼠的身上還背了一支尖刺，那是長而堅硬的木枝削成的，用來嚇阻白狐的侵襲。

每次出來探勘或採集食物的高原豆鼠都是年輕力壯的，身上不僅攜有裝食物的器物，還帶了各種武器。每支隊伍都有一名資深的隊長帶隊。隊伍在前進時，前方會有一兩名探哨在前嚮導。

青林一群便是出來探勘，正在返家的路上，途中遇到了缺耳，剛好從北邊帶隊過來巡邏，兩隊遂結合在一起。

中午，豆鼠們弄了一些高原採集的食品，請綠皮和紅毛吃。那是一些綠色的葉子，以及一堆新鮮的塊莖。有些葉子綠皮也熟悉。可是過去卻未曾在大森林吃過，看到高原豆鼠吃得津津有味，牠也試著吃了。紅毛卻很害怕，除了扁豆外，牠跟大森林的多數豆鼠一樣，對任何植物都感到疑慮，而且無法適應。牠寧可忍耐，再餓個一天肚子，準備抵達米谷後再去找扁豆，好好享用一頓。

「高原周遭植物稀少，你們是從哪裡採集的？」綠皮好奇地問道。

「你吃的塊莖是憑經驗，前往一些較潮溼的地方挖掘的。這些葉子是用繩子垂吊到崖壁摘採的。」青林耐心地解釋。

「我們上來倒是沒有注意到。」綠皮驚訝道。

「你們上來時天色還未亮，自然看不清，何況季節不對。雨季時，山壁就有很多了，現在比較難採集。」

「雨季！」綠皮聽到這一個字眼，不免豎起耳朵。大森林近年來雨水不多，經常乾旱，聽到「雨季」不免感到好奇。

「雨季通常在接近冬末初春時，各種野菜都是在這時發芽，這時採摘最適合。我們也將交配繁殖的季節限定在春天。這樣懷孕的母鼠和幼鼠都可以吃到比較好的植物。」

「這點我們很像，大森林為了控制豆鼠數量，現在也有生育的限制了。」綠皮興奮地說。

走到半途時，紅毛有點後悔未吃東西了。徹夜的攀爬更讓牠四肢乏力，一直昏昏欲睡。紅毛自然也沒興趣和牠們討論塊莖或葉子。但牠仍機警注意到，綠皮和青林聊天時，缺耳始終保持在不遠的後頭，夾雜在其他豆鼠間，不斷地觀察牠們的一舉一動，似乎有什麼企圖。

缺耳的舉動讓牠很不安，懷有不祥的預感。更何況，剛才缺耳和青林之間，明顯地有一種衝突，缺耳顯然在顧忌某些事，才隱忍下來。還有，即將到達的米谷會不會是「歌地」？牠的期待變得複雜起來。

綠皮和青林聊過一陣，正要回頭看菊子的情況時，突然聽到一聲高昂、尖銳的鳴叫。豆鼠群裡一陣緊張的騷動。牠們紛紛抽出尖刺，很快地排成三四層圈圈。尖刺都朝外頭露出。青林則向紅毛和綠皮叫道，「快跟沒有拿尖刺的豆鼠，躲到圈圈裡。」

青林也隨著牠們進入圈圈裡。高原豆鼠全蹲下來等待。那高昂的聲音繼續傳出。

「這是什麼動物在發出聲音？」綠皮好奇地問道。

青林指著天空，天空正有三四隻黑色的小鳥不斷拍翅抖飛，在持續高昂地鳴叫，「那是什麼鳥？」

「黑雲雀！」青林說，「一種生活在高原邊的小鳥。每次歸途聽到黑雲雀的聲音，就知道家快到了。」

「牠會攻擊我們嗎？」綠皮對這種小鳥的能耐很感懷疑。

「不會，牠是我們的好朋友。正在通知我們白狐來了。你看！」青林指向北邊的一塊小土坡。

綠皮望向青林手指的方向，果然，那小土坡上有三四隻白狐正朝這兒虎視眈眈。牠們灰白的銀毛在夕陽中泛著流光，綠皮不自覺地因害怕而退後。

「不用怕，牠們不敢下來的。」青林安慰牠。

「為什麼？」

「牠們會顧忌這些尖刺。更何況，我們已經準備好戰鬥，牠們不會貿然偷襲。」

「假如牠們來三四十隻呢？」綠皮懷疑這種尖刺的功效，不死心地追問道。

「我還未見過這種情形。白狐通常都是三四隻小群活動。牠們在高原可以覓食的食物不多，組成大團體不如小團體來得機動，獲得食物的機率也大。」青林很詳細地解釋，「我們和牠們對立多年了，非常瞭解牠們的習性。同樣的，牠們也十分瞭解我們。更何況，有黑雲雀通知我們，如果來的是大團體，在還未到來之前，我們早就溜走了。」

「這些黑雲雀為什麼對豆鼠這麼好？」

「這是共生，互相得利啊！我們採集植物，驅趕許多飛蟲讓牠們捕食。相對地，牠們幫忙在天空警戒，讓我們能安心地工作。」青林特別介紹這種動物和動物之間的共生方式，「可是，黑雲雀數量不多，多數只棲息在這個高原邊的草地，其他地方較少見到。所以我們的採集也盡量集中在高原的這一區。」

經過青林的解釋，綠皮恍然大悟，不禁對高原豆鼠感到欽佩起來。牠發現，為了在這個惡劣的環境生存，高原豆鼠們發展出不少大森林所沒有的生存技巧。

沒過多久，那一群白狐看到豆鼠們依舊嚴陣以待，自知無趣便離開了。

白狐離去後，牠們繼續上路。天還未暗時，牠們已抵達高原的另一處盡頭。

「下面就是我們住的米谷了，兩位請看！」青林指著下方的山谷。

綠皮和紅毛從那兒俯瞰下方的谷地，一片美麗濃綠的森林，依傍著一條溪流，蓊鬱地生長著。看來比大森林小了許多，但似乎更加繁茂，而且充滿強大的生命力。這是綠皮的直覺，但牠也想，應該是一種初看的錯覺吧！如果大森林有一個可以俯瞰的位置，或許更加美麗吧！

時間已晚，下坡還要一段時間，青林下令隊伍在高原盡頭過夜，明晨再緩步下山。

隔天清晨，牠們才沿著高原的斜坡走下去。一路上，牠們看到許多高原豆鼠，分散在斜坡，採集著塊莖和葉子。而一些較平坦的小高地，也有黑雲雀集聚著。愈下抵山谷，樹木便多了起來。

挨餓一天，紅毛特別高興，因為牠又看到扁豆了，而且是新鮮、光亮的扁豆。青林還特別要了一顆，讓牠痛快解饞。牠因而對青林才有好感。

牠們踏上出入米谷時必經的木橋，那橋跨過了從高原俯視時看到的溪流。許多豆鼠出來觀看牠們。接著，沿溪邊的林路走，溪邊設有許多預防乾旱用的蓄水池，以及打水的水車。最特別的是，林子裡的扁豆並不如大森林的豐富、密集。三四棵樹才有一株。

牠們覺得還是大森林的扁豆比較肥美。這兒的比較青綠而無光澤。

青林特別向綠皮解釋，「我們是故意砍伐掉的，避免太多的扁豆，造成大樹的負荷。我想你們的肚子太大，可能和吃太多扁豆有關。在這兒，不妨多吃一些其他植物，肚子小一點，遇到危險就跑得快了。抵抗大鵟或白狐也會比較有信心的。」

「大肚子也有好處的。」紅毛才不相信高原豆鼠能跑得比牠快。牠急切地反駁道，「至少在高原的晚上不怕冷，背的食物也比較多。如果有興趣，我也可以和貴地的豆鼠較量一下長跑。」

「哈！哈！你可不要激動。改天有空，我會安排的。」青林大笑，「等一下，大澤正在忙。安排你們去見大澤之前，我也想先帶兩位去看一樣東西，你們看了一定會很激動的。」

「大澤是誰？」紅毛搶問。

「發明水車和維護這個森林資源的英雄，牠相當受到米谷高原豆鼠的尊敬，現在是整個米谷最高階的治理者，肯定也是未來的長老之一。」青林肅然地說。

「你要安排我們看什麼東西？」綠皮好奇追問。

「見到了再說。」青林故作神祕。

零柒

豆鼠們的隊伍已經解散，各自回林子裡的樹窩休息，缺耳更是進入林子後就不見蹤影。菊子被抬進一處大樹洞裡療養。牠們在那兒又休息了好一陣後，青林再來帶牠們。

牠們再到處走逛，接近黃昏時，抵達了森林的另一端。在那一端的盡頭，綠皮和紅毛又看到了和大森林周圍一樣的荒原。米谷顯然比大森林小了許多。接著，青林帶牠們步入一條幽雅的小徑。那兒栽種的樹木顯然經過特別修裁，非常整齊。

隨即，牠們來到一處空地。空地中央豎立了一座相當巨大而古樸的石碑。那石碑看來龐然、渾厚，散發著濃郁的肅殺氣氛。牠們一接近，便有著說不上來的壓迫感，久久都無法擺脫。

青林把綠皮和紅毛帶到大石碑面前，「喏，你們有沒有被嚇到？」

綠皮連忙點頭，很驚訝，一顆沒有生命的石碑，怎麼會有這樣龐然的感染力。

「看這個做什麼？」紅毛同樣有這種壓迫感，卻裝作若無其事。牠走近細瞧，發現那石碑上面刻了一些奇特而古怪的圖案。

「好奇怪的圖案！」綠皮也靠過去細瞧。

「奇怪，難道你們不認識嗎？」青林有點驚訝。

紅毛和綠皮再仔細瞧，那似乎是一張地圖，大森林比現在大幾十倍，高原彷彿被包圍，而在地圖下方，米谷隱然跟這座大森林還有些連結。最右邊下角則畫了一隻豆鼠，尺寸和真實的一模一樣。可是那隻豆鼠說胖不胖，卻比高原豆鼠們豐腴，但比大森林又小了一號。

綠皮一看這大石碑之圖，約略明白它的用意了。很顯然高原豆鼠一直知道大森林和另一豆鼠族群存在的事實，只是不知道狀況如何？但牠仍有所不解，「這石碑是誰建的？」

青林搖頭，「很久以前的豆鼠吧？大概是大森林最遼闊的時候。這塊石碑應該是那時的豆鼠豎立的。它豎立在這兒的意義很重大，一方面是向其他動物宣告豆鼠統治的森林領域曾經到達這兒。同時，也向其他動物警告，不能隨便進來。從這塊大石碑，我們也很清楚，當年豆鼠統治的森林有多麼大，這兒是森林的西界。據說，它的東南西北各有一個，但目前只發現這一個。我原本以為，大森林應該也有一個？」

紅毛和綠皮都沒有聽任何長老說過，有關任何大石碑的事，也不曾見過任何遺跡。但紅毛聽祖父說過早年大森林的輝煌事蹟，那是一個偉大的時代，豆鼠不斷擴建森林，把白狐和大鵟趕到很北的地方，困窘而侷促地生存著，難以威脅到豆鼠的生活。豆鼠生活在一個快樂、和平而富庶的時代。是的！大石碑無疑就是在那時候興建的，牠非常認同青林的看法。

「建造這樣大的石碑，大概需要很多的豆鼠才能完成吧？」綠皮神色凝重，面對這個大石碑，壓力始終未解除。

「嗯，傳說當時動員了好幾千隻的豆鼠參與。但沒有親眼目睹，有時實在無法相信。」青林說。

「不可能吧？為什麼要那麼多？」紅毛懷疑。

「有可能的，因為這種製作石碑的大石塊，米谷森林本身並沒有，無法就地取材。豆鼠們必須到高原上尋找。我們現在光是看這塊石碑的長度，不難想像當時要花多少豆鼠的力量，才能運到此地。然後，再砌鑿、繪圖、立碑。它結合了眾多豆鼠的智慧和血汗，無疑是豆鼠重要的文化遺物了。我們把這兒當做聖地，瞭解祖先的辛苦，提醒自己的出處和現在的狀態。」

「如此說來，要完成這樣巨大而沒有什麼實用價值的石碑，而且需要花費這麼多豆鼠的力量，當時的豆鼠社會恐怕要比現在專制才有可能。」綠皮感嘆道。

紅毛深不以為然，馬上反駁綠皮的推論，「你不要胡亂推測。建大石碑跟什麼專制有何關係？再者為什麼說不實用呢？它明顯地向其他動物宣示領域，具有提振豆鼠士氣的功能。我想，好幾年扁豆的豐收，都不一定有這個意義來得大。相信當時決策的豆鼠一定深知這種教化的意義，也清楚石碑坐落對豆鼠們的精神象徵，才會大力興建的。」

「其實，綠皮說得也不無道理，你們不要以為石碑附近林子比較稀疏是我們做的，當時為了這塊大石碑的豎立，附近不能有其他大樹遮擋，所以旁邊的樹都砍掉，整個米谷裡，就這兒缺少大樹。」

青林這一解釋，紅毛悶不吭聲了。牠想，奇怪，幫你們的森林講話，你竟不知感激？

綠皮趕忙轉了話題，「光看這塊石碑的造形，以及圖案的線條，就能明顯感覺一種雄渾，我若沒有猜錯，當時豆鼠的審美觀一定不同於今日。那應該是一個大家的個性都很大氣的時代。」

「大氣？」青林似懂非懂。

綠皮搔頭摸肚皮，不好意思笑道，「喔，我很喜歡的詞彙，就是什麼都可以包容。」

「大森林的豆鼠們看到這塊大石碑一定會很激動的，一定會的！」紅毛也在旁附和。

牠們靜默地看了好一陣。這時夕陽的餘暉照射過來，把大石碑的龐然以及森林的陰鬱投影在牠們身上。綠皮覺得那沉重的壓力又猛然襲攏了上來。

突然間，外頭的林路上響起了一陣喧譁聲。牠們回頭看，一隊全副武裝的豆鼠正要離開大森林。隊伍裡，有一隻豆鼠走了出來，向牠們打招呼，原來是缺耳。

「怎麼馬上又要出去了？」青林不禁疑惑道。

「將軍有要事，我必須趕去。」缺耳笑咪咪地看著紅毛和綠皮，「兩位有沒有興趣到北方走一趟啊？」

「我安排牠們要去見大澤！沒時間了。」青林搶答道。

「好吧！我只是說說而已，後會有期了！」缺耳帶著詭異的微笑，帶著那群豆鼠，轉身離去。

「牠說的將軍是誰？」紅毛問道。

「喔，牠說的是紫紅將軍，在米谷，牠和大澤是最有影響力的豆鼠。大澤負責森林的管理和農作。紫紅將軍負責拓寬疆土的工作，很多年輕的豆鼠都很崇拜牠。」青林狐疑地望著缺耳的背影。

「拓寬疆土？」紅毛眼睛為之一亮。

「對，我們還在試著擴大森林的面積，紫紅將軍帶了一群豆鼠士兵在北邊荒原種植樹木，這是趕走白狐和大鵟一勞永逸的方法。」

紅毛驚呼，「大森林就是需要種植，而且必須有領袖帶頭驅趕白狐和大鵟。我們就是缺乏這樣的首領，大森林才會沒落。我們或許該從牠這兒學習一些本領。」

青林無奈地苦笑，「會的，你們不久就會遇到的。大澤和紫紅，你們都會遇見的。」

零捌

到底大澤的腦筋裡在想什麼？米谷的豆鼠們恐怕沒有一隻能夠清楚。牠們只知道，大澤總是能未卜先知，判斷出未來森林的趨勢。

牠就像豆鼠歷史中最具有才幹的管理者，懂得如何把森林治理得非常有效率。諸如，築塘堰蓄水，灌溉森林。採集其他植物的果實和葉子，研發出諸多副食品。這類擴充食

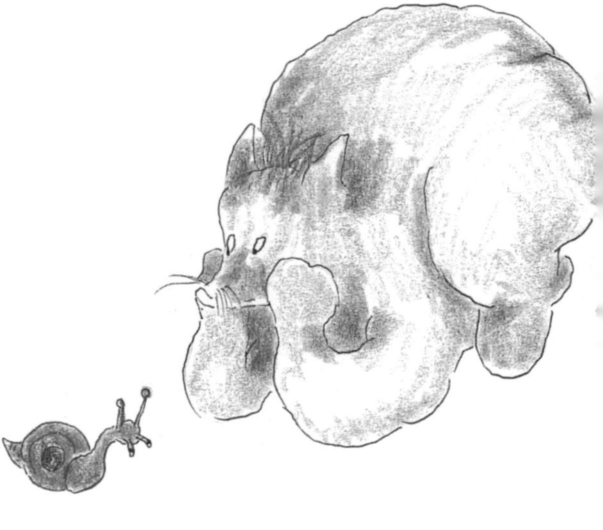

物多樣的政策，讓小小的米谷始終能保持盈裕的食物，從不擔心匱乏。高原豆鼠們論起大澤時，都充滿欽佩，經常津津樂道其豐功偉業。

聽了青林不斷地盛讚大澤，紅毛和綠皮愈發想快點見到這位米谷傑出的智者。牠們想像中，這位聰慧的豆鼠，大概是住在高大而深邃的大石窟，或者大樹洞裡，不意竟是和一般高原豆鼠相似，住在普通的小樹洞。

不同的是，大澤的樹洞裡懸掛了好幾張米谷的地圖。每一張地圖看來似乎都有它的用途，此外就是一張很大的木桌。大澤似乎就是鎮日在這張木桌伏案思考、規劃米谷的諸種問題。

牠們來到米谷的消息，很早就有豆鼠告知大澤。當青林陪牠們抵達時，大澤早已等了好一陣，而且顯然知道牠們去看過大石碑了。

大澤開頭第一句話就直截了當地提及那兒，「你們去看過大石碑後，感受如何？」

「有一種說不上來的美感，石碑的宏偉現在很難製造出來，恐怕也沒有這樣的豆鼠資源了。我們大概也不容易回到那個年代了。」綠皮直覺回答，對大澤毫無戒心。

「另一位呢？」大澤轉頭問紅毛，特別細心打探這個身材更加壯碩的大森林豆鼠。

「我相信您要的絕不是這個答案。」紅毛信心滿滿。

「喔！」大澤不禁豎耳，「請問你的高見？」

紅毛昂然答道，「我很感動，如果大森林的豆鼠看到這個石碑，一定會非常興奮。」

「喔？怎樣的興奮？」

「讓我們更具體地感受過去的光榮時代，我們應該會有一個更偉大更應該去實踐的目標，而不是整天擔心森林的毀滅。大森林豆鼠現在就陷入這種情結。」紅毛可不管對方瞭不瞭解大森林，滔滔不絕地將自己認為的大森林問題全掀了出來。

「好遠見！」大澤稱讚道，「但是要怎樣去實踐呢？」

紅毛沉思了一會兒，「譬如說，我們這次的任務吧！原本只是來尋找『歌地』的。我想米谷，應該就是我們傳說中的『歌地』。過去，我一直認為，找到了便將訊息帶回去，這樣以後就能相互聯絡、移居，延續種族。可是，現在卻覺得這樣的做法太不積極了。」

大澤瞪大眼，繼續聆聽。

「當我站在大石碑前，突然有一種頓悟。我們應該更積極主動地，努力恢復過去的傳統光榮。過去的豆鼠做得到的事，我們應該也可以。如果能夠把米谷的經驗帶回去，相信一定能讓大森林的豆鼠體悟一個重要的啟示，大森林的豆鼠不能再拘泥於原地，應該學習牠們的祖先，設法把白狐和大鵟消滅，或者趕走。」

「嗯，不錯的想法，但做起來恐怕不容易吧。」大澤嘆道。

「是啊！我便這樣認為。」綠皮很贊同大澤，「大森林的豆鼠生活習慣都已經定型了，怎麼可能會隨便聽我們描述『歌地』有一塊大石碑，上面刻著過去豆鼠的統治範圍，然後就要牠們改變生活習慣，甚至去恢復一個牠們從未見過的偉大時代。」

「我們可以將栽植的技巧和採集副食品的概念都帶回。」紅毛心裡不服，繼續答辯。

「你一路上都不敢吃，如何教自己的同胞相信。」青林在旁笑道。

紅毛不吭聲了，心裡頭卻憤怒地嘀咕，「青林，你插什麼嘴呢？」原本對青林的好印象，頓時又消失了。

「青林說得沒錯，縱使你能把米谷森林的知識傳回去，但過去的光榮傳統，你如何只用口說的？誰會相信你，願意冒這麼大的風險。」大澤也說了。

大澤這一說，紅毛不再答腔。畢竟這是事實，如何把大石碑的內容告訴大森林的同胞呢？只複製一張地圖，說服得了誰？恐怕那些故步自封的長老都不可能接受，除非讓牠們親眼看到大石碑的樣子。但相隔那麼遠，如何讓大森林的豆鼠看到？紅毛想到這裡就有些氣餒。

「你們的肚子這麼大，顯然都是吃扁豆的結果。在這裡住時，如果多吃一些副食品，肚子應該會小一點。」大澤笑嘻嘻地說道。

為什麼每一隻高原豆鼠都要特別提起牠們的肚子？紅毛非常不高興，肚子大又怎樣呢？又回到最初的問題了，牠就不相信高原豆鼠會有哪隻的力氣比牠大。

大澤注意到紅毛生悶氣的形容，轉而避開話題，繼續笑吟吟地，聊一些大森林的生活情形，結果都是綠皮在答覆。

紅毛覺得這個見面已經很無聊，希望快點結束，趕緊去探視菊子。

「在這兒居住時，學習一些栽種植物和採集的技術吧！也許日後回大森林很管用呢！」大澤倒是始終很和藹地對待牠們。最後，走過來拍牠們的肩，準備送客。

紅毛的失望也不只是和大澤對話無趣，牠一點也看不出大澤的遠見，或任何被高原豆鼠稱許的智慧。牠看到的只是一個跟大森林的長老們一樣，甚至更世俗、保守的豆鼠，專愛比較兩邊的生活瑣事。勉強可稱許的優點，只是還有些小聰明，研發了一些東西。

零玖

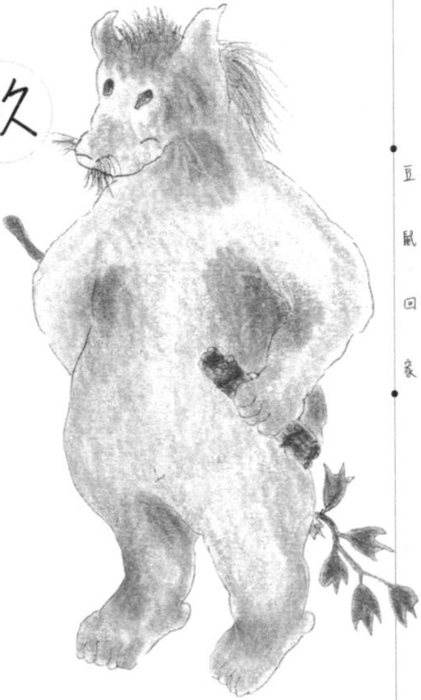

紅毛和綠皮回到樹洞時，菊子已經醒來，而且正忙著在竹簡上記錄事情。先前，牠還努力站起身，走到洞口旁的小溪邊，觀看了一下周遭的景觀，順便打探米谷的情形。

「那個叫大澤的，和你們聊什麼？」菊子看見紅毛和綠皮進來，劈頭就急切地問道。

菊子雖未走遠，顯然已瞭解不少此地的事情。綠皮把和大澤的對話大致敘述了一遍，但紅毛加插了一些批評大澤的話。

「能夠發明這些技術，這位大澤一定是不簡單的奇才，就不知牠願不願意教導一些，讓我們將這些技術帶回大森林？」菊子思索著。

「應該沒有問題吧，牠說一學就會。麻煩的只是如何回去，一路上到處是大鵟和白狐，如果沒有高原豆鼠的嚴密保護，恐怕難以穿越廣大的荒原。牠們似乎也沒有很大的意願護送我們回去。」綠皮開始煩惱這個新的問題了。

「若是只帶著一些栽植技術回去，未免太可惜了。如果可能，一定要設法讓大森林的豆鼠見識過去的輝煌歷史，重新開創一個新的時代。」紅毛似乎開了眼界，抱持著和綠皮截然不同的想法。

「別浪漫了，我們三個能夠平安回到大森林，就是了不起的任務。」菊子不悅地駁斥，「接下來，我們行事也得小心，米谷的豆鼠絕對沒表面看到的單純。」菊子似乎觀察到某些不尋常的動作，因而有此直覺。

紅毛聽了，沉著臉，悶不吭聲。

「我剛才在外面和一些豆鼠聊天，牠們說米谷還有一位傑出的將軍，叫紫紅。你們見過嗎？」菊子問道。

「聽說了，據說在北邊的荒原開拓疆土。」綠皮說。

「尖刺這類武器就是牠發明的。」紅毛忍不住，再搶著回答，「牠研究了好幾種武器。」

「我們打算什麼時候回去呢？」綠皮問道，牠還想多待幾天，多瞭解米谷。這個不同於大森林的世界，似乎還有許多東西值得觀看。

「愈早愈好，在我們回去以前，你們趕快分頭設法瞭解栽植的技術，還有學習牠們的武器如何使用，如何製作。」菊子命令道，牠覺得紅毛和綠皮的說法都言不及義，還是先將這兩種米谷的實用技術學到再說。

紅毛還想再爭辯，但菊子阻止牠的發問，「時間還長，我們可以慢慢聊，先休息吧，你們路上也辛苦了。」

經過一個多星期的長途跋涉，一路上為了躲避大鵟和白狐，日夜驚心，紅毛和綠皮幾乎沒有好好成眠。現在，好不容易能夠在林子裡的樹洞安睡，一躺下去，沒多久，便呼呼大睡了。

菊子剛才已睡飽。牠靜靜地躺在那兒，仔細地回想過去一路上發生的各種事，以及今後又要如何去面對的問題。

明天，牠一定要親自去看看那座大石碑，瞭解紅毛為何會那麼激動。牠年少時，依稀記得有位長老提過，大森林國土最盛時，曾經立過大石碑。但後來，就未再聽其他長老提過。和自己同輩歲數的豆鼠，似乎也沒有多少位記得大石碑的事。長久缺乏目睹紀錄，牠們一度還以為，石碑是一個不實的傳說而已。想到此，牠禁不住興奮之情，骨碌起身，把那大石碑繪在米谷的旁邊。

現在，這卷竹簡填滿了整個歷險的種種見聞，將是大森林有史以來最重要的冒險紀錄。有了這份竹簡，加上那栽植方法、保護豆鼠的武器，完成這趟出生入死的探險後，牠一定會被大森林視為最偉大的英雄。

沒想到，西方果然還有另一群豆鼠，而且開創了一個新的森林世界。日後，牠回到大森林，一定要教導子孫，跟這兒保持良好的關係，共同為豆鼠的將來奮鬥。

不過，將來若有機會，牠也不會選擇來米谷居住，這些瘦小而難看的高原豆鼠，看來總是神經兮兮，不像大森林的豆鼠，舉止從容而優雅。高原豆鼠似乎隱瞞某些事情，並未全盤吐露整個米谷的情形。

牠對紅毛也愈來愈沒有信心了。這隻年輕的豆鼠太好高騖遠，想的盡是一些白日夢。在旅途中，牠原本以為自己若喪命，可以把任務交代給牠，如今，牠可是毫不考慮了，還好自己也撐得過來。

至於綠皮，唉！牠顯然又太欠缺使命感了，整天也不知在胡思亂想些什麼。當初的冒險隊甄試，不知牠是如何通過的？一路上，如果不是時時催促，菊子真懷疑，牠恐怕早就忘了這趟旅行的真正任務，還以為在遊山玩水呢！

想到這些隊友的問題，菊子輾轉難眠了好一陣，都快午夜了，牠才昏沉沉地睡著，絲毫未察有好幾條黑影閃進樹洞裡。

壹拾

紅毛醒來時，發現自己被藤繩綁在一副木架上，前後都有高原豆鼠扛著。牠憤怒地想掙脫，卻愈掙愈緊。牠自恃孔武有力，當下動彈不得，又能如何呢？破口想大罵，卻發現嘴巴也被封了布條。四周暗漆漆的，什麼都看不到。只能轉動頭部，斜看星子的方位。黃色的大星在北，三顆小星成線在西方。牠憑經驗判斷，自己正被架往東北的方向。那不就是高原了嗎？

綁架牠們的豆鼠是誰？難道是缺耳？這是缺耳為何始終緊跟在後，黃昏時又故意經過大石碑觀望的目的？但為何要綁架牠們，這樣做有何好處？一連串的謎題浮現在紅毛腦海，讓牠有點混亂了。

不知菊子和綠皮現在如何了？牠再努力側頭，終於看到菊子和綠皮。綠皮一動未動，似乎仍在昏睡，而且睡得相當安詳，鼾聲有秩。菊子背著牠，但身體不斷扭動，只是沒幾回就靜寂了。

沒多久，牠忽然察覺，隊伍正在爬升，愈來愈吃力，難道真要上到高原去，但似乎跟昨天行進的路線有一段距離。奇怪了，怎麼會往這個方向走？

隊伍大概是走累了，停下來休息。有一隻豆鼠走到牠眼前檢視，牠急忙佯裝昏睡。

「不用檢查了，藥效很強，不可能醒來的。」另外一隻豆鼠說。

「大森林的扁豆大概比較營養吧，竟然都那麼重，天快亮了，還要走多久呢？」

「快到了。」

紅毛沒想到自己竟能那麼快甦醒。牠暗自得意，這下子你們終於領教重的厲害了吧！到高原做什麼呢？隨即，牠又想到，「快天亮了！」莫非要將牠們餵給大鵟吃？天哪，這些可惡的高原豆鼠。牠開始慌了，可又完全沒辦法。這些豆鼠們為何要如此殘忍對待牠們？牠還是百思不解。結果沒多久，大概是藥效又重新發作，牠再度昏睡過去。

等再度醒來，天邊已魚肚白了。牠發現自己躺在地表暗褐的高原上，身上的藤繩鬆綁了。勉強站起身，頭有些昏沉，又乏力地頹坐下去。不知高原豆鼠用了什麼藥物，如此厲害。牠再抬頭看，綠皮和菊子的情況也差不多，都昏沉沉地坐在地上，衰弱地無法起身。

牠們面前站了一排蒙面的豆鼠，還放了一堆食物和武器。

「你們仔細聽著！」那排豆鼠裡有一隻嚴肅地說道，「這一堆食物可以讓你們吃兩星期，還有武器也足夠保護你們回到大森林裡去。趁大鷲還沒來，快點離開吧！米谷並不歡迎你們。」

這群豆鼠交代完，迅即轉身奔離。留下牠們三隻肥胖的豆鼠，繼續在原地發愣。

「等一下！」紅毛忍住頭疼，對著遠去的蒙面豆鼠大吼道，「你們到底是誰？憑什麼趕我們離開？」

那群高原豆鼠不答，繼續跑步離去。紅毛勉強追了幾步，藥性未退，再度踉蹌地跌坐地面。牠眼看追趕不及，轉回頭，好奇地蹲下來檢視堆放的物品。裡面有許多扁豆，也有塊莖、樹莖和葉子，還有三四條藤繩、尖刺、石子和彈弓等武器，連菊子的竹簡也在其中。

事情演變至此，紅毛沮喪極了。牠頹然一坐，有點不知如何是好。綠皮則搖搖欲墜地走到牠前面。

「我們快點走吧！」綠皮勸道。

「走？這個時候走到那裡呢？牠們分明是要我們死在高原嘛！」紅毛忿然說道。

綠皮不敢再吭聲，紅毛說得沒錯，除非馬上找個土坑躲起來。牠實在想不透，誰要趕牠們走？看情形似乎是那個尚未謀面的紫紅將軍。只是奇怪了？那紫紅又如何獲知消息？為何不讓牠們待在森林裡呢？聽說，紫紅是個有野心的將軍，大概是害怕大森林學得了米谷的武器和耕植技術，將來對米谷不利吧！綠皮仔細研判，不免訝異，豆鼠裡還擁有這樣充滿算計和心機的梟雄！

菊子也一拐一拐地走過來。牠把竹簡撿起，小心地翻查，「有武器和食物，夠了，人家既然不歡迎，我們也不要強留。」

「事情沒有弄清楚前，我們總不能就這樣不明不白地離去。」紅毛憤憤說道。

「什麼不明不白，事實就擺在眼前，人家不喜歡我們，我們留下來，只會得罪人家。」菊子竟也動怒了！

一路上，紅毛始終無視牠的命令，頂嘴不知好幾回，菊子終於無法忍受這個脾氣毛躁的小伙子。當然牠不只是針對紅毛而已，牠也盯著綠皮，略帶威嚇地說，「你們要記住，這是一支大森林的探險隊，大家出來時都有被面授機宜。我們有責任帶回情報。」

紅毛面子掛不住，也似乎被惹毛，竟然不顧菊子的命令，反抗道，「對不起，領隊！

我違抗命令了，祝你們一路平安！」說完，躍起身，捉了一把尖刺，雖然身體還不靈活，卻頭也不回地離去。

菊子漲紅了臉，一臉怒氣，對著紅毛的背影厲聲大吼，「你若敢違抗命令，就不要回到大森林！回去以後，我一定向長老群報告你的作為。」

「等一下，你要去那裡。」綠皮大訝道，慌忙撐起身子追到紅毛身邊。

「我要去米谷，我要搞清楚，是誰想趕我走的？還有牠們趕我們的理由？」紅毛氣呼呼地說，彷彿藥性已退，愈走愈快。

「你貿然折回米谷，太危險了！何況菊子受傷未癒，我們必須一起照顧牠。」綠皮跟不上，朝牠大叫，但那紅毛繼續疾走。綠皮最後吼道，「你至少拿一些食物走吧！」

「讓牠走！不需要牠，我們依舊可以回去。牠絕對無法查出實情。」菊子在後頭盡喊一些負氣的話。

「知道誰又能如何？又不是自己的森林，關我們何事？」菊子最後又朝紅毛的背影大喊。這一喊，牠身上的創痛復發了，不禁彎身撫背，悶哼著。

綠皮眼看紅毛漸漸走遠，太陽已經升起，牠知道再不行動就來不及了，逼不得已，只好返身回去照顧菊子。

菊子研判，這兒也是高原的一部分，位置比較偏北。牠們決定順著紅毛離去的方向，往南先行一段再說。

走沒多久，地上出現一些清晰的足跡，似乎是綁架牠們的高原豆鼠折返時所留下的。綠皮暗自估忖，如果順著這些足跡走，說不定會回到米谷。也許，牠們可以去找大澤或青林探問因由。也可能，青林發現牠們不在，早已派豆鼠士兵出來尋找了。牠很想把這個想法告訴菊子。但看菊子一臉猶在生紅毛的氣，只得暫且按捺著。

沒多久，牠們看到左邊的土丘上，閃出黑影。逆光下，看不清，以為是白狐，遂嚇了一跳，正準備要奔跑，再仔細看那黑影，雖然壯碩，但還是比白狐小了些。

是紅毛！綠皮用手遮光，瞇著眼細瞧，高興地向牠揮手。綠皮知道紅毛只是發發小脾氣而已，不會真的一意孤行，自己先行離去的。紅毛一直擁有團隊精神，不會隨便棄隊友而去。牠只是一時控制不住脾氣。

三隻豆鼠又慢慢地走近，會合在一起了。菊子和紅毛彼此都未吭一聲，全賴綠皮居中扯談。可是，綠皮總覺得就是有些不對勁。走了一陣，太陽已經爬升到高空，牠們決定停下腳步，暫且躲入一個凹處休息。畢竟，附近可能隨時會有大鵟或白狐出現，還是晚上行動比較安全。休息時，紅毛取出蒙面豆鼠們留下的尖刺把玩。牠試著以樹枝做的彈弓發射石塊。紅毛這方面領悟力高，沒練幾下，就懂得找地面的東西做靶物，而且不斷地射中瞄準的物體了。

「你不要把石子都練光了，到時沒有石子，空有本領也沒有用。」綠皮說。

「不會的，這樣可以減輕重量。唉，可惜沒有大鷲，不然就可以試試看威力了。」紅毛開玩笑說，已經忘了先前的不快，「你們要不要試試？」

綠皮有點忸怩，但在紅毛再三催促下，還是練射了。第一次，石子射到眼前不遠處，便落地。第二回才勉強射出。第三回，牠拉滿弓，瞄準遠方的土丘射出，竟擊中了土丘。

牠十分興奮，過去檢視。等走到土丘時，突然發現，地平線上黃沙滾滾，顯然發生了事情。菊子和紅毛也在向牠招手，很顯然，牠們也看到了情況。綠皮急忙奔回，這個突如其來的場面，倒是讓原本已不講話的紅毛和菊子，積極地對話起來。

牠們趴在一塊略為高起的地方遠眺。「你看，前面是什麼情形？」菊子問紅毛，因為牠的眼力最好。

「有一群豆鼠朝這兒奔跑來，後面有白狐在追趕。豆鼠還一邊用尖刺抵抗。」

「白狐有幾隻。」菊子問道。

「天啊，八隻。」紅毛說。

「不，有十隻。」綠皮更正。

「管牠多少隻，反正跟我們沒關係！我們快閃到一邊吧。」菊子沉吟道。

「糟糕，這些豆鼠可能快支撐不住了。」綠皮卻驚呼道。

牠們清楚看到，豆鼠們根本沒有逃脫的機會，白狐的數量比平常多，牠們輪流試探著豆鼠的防禦。豆鼠們疲於奔命，只能且戰且走。可恨的是，四處遍尋不著一個可以避敵的位置。

「天啊！這樣下去會全軍覆滅的。」紅毛急切說道，「白狐顯然在等豆鼠們累了，再撲上去。」

「會不會是剛才綁架我們的那一隊？」綠皮說。

「不可能的，這一隊的豆鼠比較多，而且都持拿著尖刺，和牠們不一樣。」紅毛看得仔細，特別強調。

「我看，我們還是得趁機先溜走，免得被白狐發現了，一併遭殃。」菊子憂心怔忡，急著明哲保身。

「我們若不衝過去救牠們，牠們一點機會都沒有。」紅毛站起來就要過去支援。「我們不能如此見死不救，何況都是豆鼠同類，而且我們也被救過。」

菊子頓時臉色難看，卻又不知如何阻止。

「救牠們會暴露我們的行蹤，不太好吧。」菊子知道溜走似乎也說不過去，卻又怕紅毛誤以為牠自私。還是現實地分析，站在考量大森林的未來。

紅毛很不服氣，仍作勢要衝出去。

綠皮也覺得這樣太草率了，急忙拉住牠，「我們用什麼方法去救那些豆鼠呢？」

紅毛聽了也愣住，牠拎著樹枝彈弓，想換尖刺，可又覺得不是辦法。綠皮突然靈機一動叫道，「我們再用繩子拖樹枝。」

「這樣適合嗎？」菊子懷疑道。自從黃月犧牲後，牠不斷自責，已經沒有什麼信心了，但也想不出什麼方法。

「真棒的想法！我們往前衝，製造灰塵，讓白狐以為來了許多豆鼠。」紅毛興奮地附和。

看牠們如此急迫，菊子不得不點頭了，總不能老是用任務做為藉口，牠的領導威權還是要合理兼顧的。更何況，牠也想再試試自己先前想出的這種方法。

於是，三隻豆鼠迅速抓了一堆枯枝，綁起繩子。然後，排成一排，菊子大喊道，「衝吧！讓牠們也知道，大森林的豆鼠有辦法打敗更多白狐的。」

菊子一下命令，三隻豆鼠拉著繩子往那兒衝去，大量的塵埃從牠們背後開始捲起。牠們像是三名將軍領著數百豆鼠，朝敵人奔去。果然！滾滾塵埃一升起，白狐和豆鼠間追逐的戰鬥隨即停止了。牠們都側身注視那遠遠的向牠們直撲而來的灰塵團，彷若有一支龐大的部隊即將殺到。

白狐們以為是豆鼠的援軍到來了，全被驚嚇住了，等那灰塵團愈來愈接近。先是一隻白狐偷偷離去，接著，又有一隻、兩隻、三隻悄悄地往後溜走。最後，所有白狐都被嚇光了。而原本陷入險境的豆鼠們卻愣住，這是哪裡來的豆鼠援軍呢？牠們依舊嚴陣以待，結果等滾滾灰塵落定，驚訝地看到，竟只有三隻，看來比牠們肥胖許多的豆鼠，滿身灰塵站在眼前。牠們是哪裡來的呢？豆鼠隊伍裡站出一隻領隊，向菊子牠們致意，並問起背景身分。

菊子雖然充滿戒心，還是善意地把自己的來歷簡單敘述了一遍。對方邊聆聽，不斷地嘖嘖稱奇。菊子一行也深感訝異和困惑，因為對方雖是米谷來的高原豆鼠，卻不知牠們三位的到來。牠們是紫紅將軍的軍隊，始終駐紮在北方，在外巡邏、探勘，正準備回去報到。

「你們認為綁架我們，想把我們趕走的可能是誰？」如果不是紫紅將軍命令綁架，那會是誰？菊子有些混亂了。

帶領這支隊伍的小隊長叫大華，牠對菊子的問題有問必答，唯獨對此事也不敢妄下判斷。但牠研判這事非同小可，決定邀請牠們前往紫紅將軍那兒。事出紅毛和綠皮的意外，菊子竟爽朗地一口答應。原來，菊子覺得事有蹊蹺，眼前的高原豆鼠顯然非常和善。牠想前往北方拜見紫紅將軍，或許可多瞭解一些，對回到大森林也應該有所助益。

綠皮和紅毛很高興菊子的態度轉變。旁邊有許多豆鼠士兵陪伴，不用再背笨重的食物，牠們頓時輕鬆起來。

隊伍往北行不久，慢慢地走下高原。山坡逐漸出現青草地，林木稀疏，並未如米谷長得那般茂密，也沒有黑雲雀出現。旁邊的高原豆鼠向牠們告知，原來是高原豆鼠們自己開墾的，將來或許會長成樹林。前幾年，紫紅將軍帶了一批年輕力壯的豆鼠深入北邊荒原，主要就是試著栽植林木，拓展米谷的森林範圍。

這個企圖並非是為了應付過多的高原豆鼠，而是針對白狐和大鵟的棲息。這兩種天敵並不適合茂密的森林環境，如果北邊栽種森林成功，將來和米谷連成一片，就可以將更西邊的荒原和東邊的高原切成兩半。白狐和大鵟的族群都被隔成兩個區域，力量便薄弱了，豆鼠們再繼續朝兩個方向拓展，牠們就沒有什麼生存的空間。

「可是，我們最近在北方的觀察發現，或許白狐族群意識到這種危機吧？近來，牠們也常在這附近出沒，不斷干擾豆鼠的栽植工作，而且不再像過去那樣三四隻而已，有時還十來隻一起出現，比如剛剛發生的戰鬥。」大華更進一步解釋。

下了高原後，牠們抵達一條小溪邊。高原豆鼠們原本預估，晚上就可抵達紫紅將軍的營地過夜。但早上被白狐群追逐耽誤了。牠們來到溪邊時，天色已暗。帶隊的大華冒險地做了一個決定，在溪邊過夜。

「我們很少在這樣的環境休息，你們不要走遠。這兒雖較陡峭不開闊，但偶有白狐的蹤跡。」大華特別警告牠們。

「我聽豆鼠士兵們說，順著這條溪往南走，就可以到達米谷了，但地形非常崎嶇。若要回米谷，牠們寧可繞道而行。這裡是米谷那條溪的上游。」綠皮指著小溪，跟紅毛悄聲說。

但紅毛心不在焉，牠向菊子問道，「怎麼，你不是想回去，為何又答應要去見紫紅了？」

「不管紫紅是否對我們有敵意，總該去拜訪，讓雙方都能更加瞭解。」菊子解釋。說這種內容的話，菊子主要是想贏取紅毛對牠的尊敬，讓這個桀傲不馴的年輕豆鼠知道牠不是弱者。其實牠還另有盤算，想要多看看米谷的內部情勢。牠隱隱感覺事情愈來愈複雜，包括牠們被驅逐的因由。或許該多觀察，伺機再走，回去也才能清楚報告。說不定，還可以請這位將軍保護牠們一程呢！

「要不要吃葉子？」綠皮遞給紅毛一些。

紅毛看綠皮咬得津津有味，試著咬了一口。最初，牠覺得很難下嚥，咬了三四回後，發現並不如最初那般難吃，反而愈嚼愈有一種味道出來。

菊子也咬了，牠雖堅持扁豆仍是豆鼠唯一有營養的食物，但想到將來回大森林，這種食物或許會改變豆鼠對扁豆的過度依賴，只好勉強再吃了！但牠發誓，如果不是為了將來回去宣傳，這輩子絕不會吃這種難吃的食物，甚至連米谷瘦小的扁豆，牠都興致不高。

吃完晚餐，菊子很快就睡著了。白天的奔馳，害牠傷勢復發，唯有多休息才可能康復。

「今晚不知會不會有豆鼠來綁架？」紅毛開玩笑說。

「你看天上的月亮，今天好像特別光亮。」綠皮說，「希望有一天，它也能指引我們回到大森林。」

紅毛苦笑點頭。

「假如你不介意，我是否可以唸一首剛剛想到的詩給你聽。」綠皮詩興大發，可又怕惹紅毛生氣，遂試著探問：

所有的星子都是我的眼睛
我站在地球的背後
每晚遠遠地凝視

綠皮唸完後，很是得意，期待紅毛的答話。紅毛依舊不吭聲，牠不得不再問道，「你覺得怎麼樣？」

紅毛還是背對著。正覺得奇怪，探過頭去，原來牠已經睡熟。綠皮還沒有睡意，繼續仰望著天空。未過多久，月光被烏雲遮住，林子裡起了一陣風。

牠又再發詩興時，突然聽到林子內有豆鼠士兵悄聲說道，「白狐，白狐進來了！

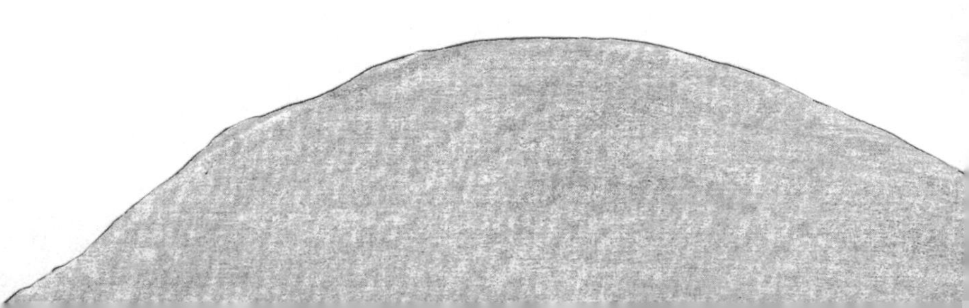

白狐進來了！」

綠皮慌忙搖醒紅毛和菊子。大夥兒正不知如何時，大華隊長趕過來，著急地低吼，

「安靜一點，趕快渡過河去，到對面的林子再集合。」

「糟糕，我們沒有下過水？」綠皮猶疑道。

紅毛可不管了，「人家敢衝，為什麼我們就不能。不要丟大森林的臉！」

紅毛這一斥責。綠皮不便再說什麼，只能咬緊牙關，聽從吩咐，跟著其他豆鼠士兵慢慢地走入溪裡。紅毛在前引導，一邊幫忙菊子。菊子緊抓著紅毛的肩膀。綠皮獨自殿後。大華企圖利用月光被遮蔽的時機，摸黑偷偷渡河，讓白狐撲空。最初一切事情都在牠預期下進行。不過，溪水甚深。牠們涉溪的速度不得緩慢下來，站穩橫越的腳步，免得被溪水衝走。

「糟糕！月光快露出來了。」紅毛抬頭仰望時，看到烏雲邊緣開始泛白，不禁暗自急躁起來，「要快點涉溪過去！」

這時，牠們若被白狐發現，很難施展武器，屆時只有等著被白狐屠殺。但天不從願，豆鼠們才渡到溪的中央，月光便已破雲而出。在溪邊搜尋的白狐發現了豆鼠群。牠們知道機不可失，紛紛跳入溪水，恣意地衝過來。白狐顯然料準了，這時豆鼠們無法有效的

使用尖刺抵抗。

白狐群一衝進溪裡，豆鼠陣營隨即大亂。所幸，生死攸關，豆鼠們發揮求生本能，大部分都加快渡過了河心。只有殿後的綠皮和少數豆鼠被隔開了。眼看不少豆鼠紛紛上岸入林，白狐群乾脆圍捕落後者。結果落後的豆鼠被咬死了好幾隻，慘叫聲不斷。

綠皮頗機警，眼看跑不掉了，急忙潛入水裡躲避。豈知一不小心，綠皮被捲入急流裡，想掙扎回去已經來不及。牠和豆鼠隊伍脫離了。最後，彷彿聽到紅毛喊叫牠的聲音。牠想回頭，流水飛湍虎急急的，牠無從抗拒，感覺自己被湍流吞噬。

拾壹

綠皮醒來時，發現自己正趴在一根巨大的浮木上。四周盡是溪水，浩蕩奔前。牠終於意識到發生了什麼事。

自己是如何爬上浮木的？現在又位於哪裡？是否在前往米谷的路上？綠皮慌亂又疲憊地不知所措。牠還記得高原豆鼠們說過，這條溪雖通往米谷的森林，但地勢險惡而複雜，很少高原豆鼠願意沿溪走回米谷，牠們寧可繞道荒原，再回到森林。

綠皮又想，不知紅毛和菊子現在如何？後來卻莫名地傻笑起來。畢竟掛心又有何用？牠都快自身難保。

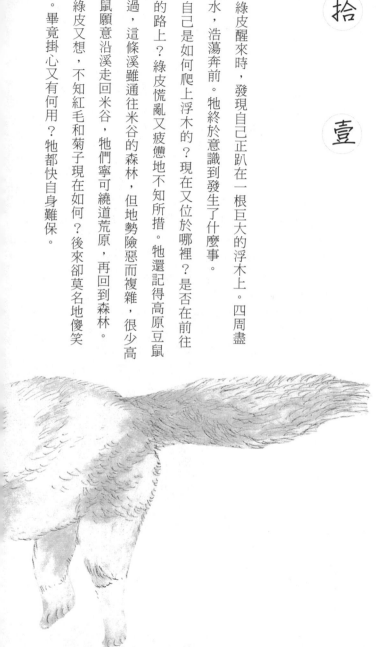

牠試著下水，準備游上岸，回去找紅毛和菊子。可那溪水速度甚快，離岸又遠。再加上牠不諳游泳，也不清楚水深，根本沒有把握抵達對岸。只得繼續待在浮木上發愁。

摸摸肚子。是的，果真有點餓了，這才想起身上沒有吃的，只肩部依舊纏著藤繩。牠自言自語地苦惱道，「這下可麻煩了！」

沿著浮木搖搖晃晃來回走了一遭，連個發芽的枝條都沒有。牠喝了點溪水解渴，強裝鎮定。突然想要唸昨晚那首詩，卻什麼都記不得了。腦子裡浮現的還是如何脫離這個困境。

牠不禁頹喪地坐了下來，觀察溪岸。兩岸雖是稀疏的草原，偶爾仍有大樹出現，而且不少棵的枝椏都伸向河中央。牠自忖，或許可用藤繩套上其中一根，把自己拉上岸。

就這麼決定了！雙手一拍，起身動手。迅速地做好了繩圈。沒多久，漂近一根大樹的枝椏了。繩圈一擲，竟然一回就鉤住。這下牠可得意了，心想紅毛在的話，還不一定有這樣的能力？

事不宜遲，牠早將藤繩的另一頭繫在自己身上。浮木繼續向前漂，綠皮順勢下水泅泳。溪水果然洶湧。牠數度被沖離，所幸都靠藤繩拉住，未被溪水淹溺。

可是，還是估算錯了！水勢太強，牠終究無法上岸。如果不放開藤繩，恐怕就會活

活地像那浮木般，一直漂浮著，直到腐爛、死去。這樣太可怕了！綠皮大膽研判，還不如冒險放開藤繩，再度任水漂流，或許還有機會上岸。

心意既定，便決然掙掉藤繩，開始朝岸邊游去。甫伸開手，溪水就將牠沖遠了。牠像一片葉子翻了好幾翻，又猶如被風吹遠般，隨波而去。

等牠奮力冒出水面時，發現溪水並不如想像的深，牠的腳竟可以踩著。但水勢似乎更急了，牠繼續被溪水往前運送，耳邊也響起轟隆的聲音。這是怎麼一回事呢？正待觀看，等牠赫然發現是巨大的水瀑時，溪水已經將牠運抵水瀑前。只見下方深淵水花飛濺，浪濤迷離。這道龐大的不斷往下飛奔的白色水瀑，綠皮還未看清，只渾身發抖，還來不及大叫，便整個栽入了。

拾貳

浮木，依舊是浮木救了牠！綠皮昏沉沉地醒來，發現自己旁邊正並躺著好幾根浮木。不禁詫異道，這樣好像不對，應該是趴在浮木上，怎麼自己也跟著浮木一樣漂浮呢？牠慌忙起身，但馬上下沉。果真的，剛剛是漂在水面的，難道自己有什麼奇特的功能，或者是水面出了什麼狀況？

再環顧四周，不禁啞然失笑。說真的，牠還不敢相信，原來自己還有這種漂浮的本能，大森林的豆鼠沒有機會在水域活動，真是太可惜了。牠愈想愈好玩，不禁拍掌呵笑。這一笑，整個身子又翻滾一回，害牠喝了一大口水，嗆得淚流不止。

牠摸摸肚子，依舊圓滾滾的，心想說不定這大肚子也增加不少浮力。如果像一隻高

原豆鼠般細瘦的身子，恐怕就沒這麼輕鬆漂浮吧，可能早就溺斃於急湍的山澗。但牠是一隻大森林的豆鼠，有著無可救藥的肥胖。跑不動，卻能在溪裡，讓身體載浮載沉，不盡然一無是處。

綠皮這時也才恍然大悟，昨晚恐怕也是如此，才能靠求生的潛意識，幸運地爬上浮木吧！這下牠可得意了，乾脆又放鬆身子，在水面仰泳。假如大森林裡有這麼一條溪水那就好了。一個森林裡若沒有一條溪，那是多麼乏味的地方，牠這般忖度。

隨溪水漂蕩浮流，又不知經過了多少個急彎和小水瀑。溪道開始變窄，分成好幾支，連溪水都淺了。沒多久，牠發現自己停止在曲流彎處的靜流水塘。岸邊咫尺在前。牠起身，甩淨身上的溪水，撐著痠痛的身子走上去。

往哪個方向走呢？牠初始想回頭，去找紅毛和菊子。但想到要攀登一連串的水瀑，便裹足不前。綠皮轉而替自己找了個合理的藉口，還不如就此順溪而下，走向米谷。去跟青林見面，告訴牠們被綁架等等怪事，再回頭來找兩位同伴吧！就這麼決定了！繼續沿溪走。要不是在水裡泡久了，全身多處浮腫，牠還真想就這樣一直待在浮木上漂浮而下，一路流到米谷去呢！

肚子又嘰哩咕嚕叫了，光憑喝水已不能解決。溪邊依舊是草原，但林木似乎比先前多了不少，有些樹看來還頗為高壯。這樣的地方應該有一些扁豆生長吧？

牠發現以前在高原腳下發現的樹種，溪邊也有不少，而且形成不小的密林。牠猜想，應該也有一些高原豆鼠愛吃的那種塊莖或葉子吧？可惜，沒有經驗，不知如何找塊莖、葉子，只好全心去尋找扁豆了。

牠穿過去，打算到離溪更遠一點的地方。大樹多半在那兒，牠相信樹上應該有扁豆。拐著身，蹣跚來到最近的一株大樹前，可那樹身光溜，一看即知沒有扁豆生長。不過，再前面一點，好幾株並列叢生的，明顯有攀藤之類的植物了。而樹冠上層，呵！果真有一顆顆泛著油綠亮光的扁豆懸垂著。

興奮地欲走向前時，忽地前方有動物嬉戲的窸窣聲。綠皮嚇了一跳，慌忙躲到大樹後。眼前的草原上，竟然有三四隻小白狐在草地上相互追逐、打滾。牠們的母親陪在旁，不時用舌頭舔撫、照顧。綠皮既冷又害怕，不禁打起哆嗦，想走卻又擔心，不小心驚動了那白狐母親。只好繼續躲在樹幹後頭，偷偷瞧著。

綠色的草原、迤邐的小溪，快樂的白狐家族，這是多麼美麗而和平的畫面！雖是天敵，連在旁偷偷觀察的牠，都不禁被這綺麗而和諧的場景感動。

突然間，白狐母親似乎嗅聞到什麼，有了一種不祥的預感。牠不安地迅速起身，豎耳豎尾，毛髮都直立起來，隨即將眼光往溪邊掃射。

綠皮不自覺地打哆嗦，抽了一身冷顫。慌得後退，準備開溜，背後竟有威嚇的聲音發出。牠慌忙轉身，赫然是一隻小白狐擋住了牠的退路。不！或許是綠皮擋住了去路。反正來不及了，小白狐向牠發出狺叫。綠皮當然不會在乎一隻小白狐，牠擔心的是小白狐的母親。

牠急得冒汗，不走不行了，奮不顧身地往前衝，那小白狐身子雖和牠不相上下，卻不若牠的肥胖。而且恐怕才斷奶不久，尚未遇見過豆鼠，只是本能地低吼而已。綠皮一撞過去，那小白狐翻倒在地，痛苦地嚎啕大叫。

綠皮更加慌亂，迅速地往溪邊衝。糟的是，哪兒是溪邊，牠已搞不清楚。然而，小白狐的母親已經趕到，發出憤怒的吼聲。所幸，眼前有一棵小樹，牠趕緊往樹上爬，現在牠只恨自己不是隻高原豆鼠，可以一溜眼就爬上。牠只是隻大森林的肥胖豆鼠，上不了多高，便滑落地面。眼看來不及了，只好拎起旁邊的樹枝，企圖抵抗趕來的白狐母親。但那白狐母親大概是氣得發狂了，毫不在乎眼前的樹枝，一口就咬掉了，隨即再撲向前。

綠皮明知已經無法逃掉，還是轉身試圖跑走。但那白狐母親一爪掠過來，硬是將牠左肩的皮撕掉一塊，鮮血迸出。綠皮頓時疼痛地倒地不起，白狐母親以為牠已經不行了，

遂收起爪子，未再攻擊。

綠皮卻趁這時，忽地躍起，以迅雷不及的速度，鑽入附近的一處隱密灌叢。那白狐母親不免大吃一驚，沒想到綠皮竟會這一招。牠試著伸爪進去探索。可沒想到那灌叢裡盡是荊棘，刺痛讓牠不得不將爪伸回。仔細端詳，牠才發覺原該到手的獵物恐怕難以獲得了。牠很不甘心，又徘徊了許久，裡面卻一點動靜也沒有。小白狐們在後方鳴叫，牠擔心有意外，不得不悻然離去。

綠皮的左肩疼痛劇烈，全身也被刺得傷痕累累。牠強忍住，隱伏著，勉強挖了一個土洞。牠好累好累，又驚恐過度，沒多久便睡著了。

花香！早晨綠皮還在酣睡中，聞到的第一種氣味竟是花香。那花香很熟悉，像是大森林才有的。莫非自己回到大森林了？睜開眼，發現自己猶躺在土坑裡，想轉個身，受傷的肩膀如撕裂般劇痛。

飢餓一再催促牠去找食物。但牠還是忍著，暗自估量，就這樣再躺一下，等天黑再上路吧。才這麼下定心意，忽然聽到腳步聲。牠想完了，那白狐母親一定不死心，又回來守候了。

那聲音逐漸接近，來的還不只一隻呢？但其中竟夾雜著豆鼠的對話聲。這是怎麼回事呢？若這時不出去求救，還待何時呢？牠遂勉強引頸張望，果然正有一群瘦小的豆鼠經過。綠皮奮力起身，忍住灌叢的不斷刺扎，衝了出去，朝牠們大喊。

灌叢裡突然冒出一隻肥胖的、滿身汙血的豆鼠，赫然聳立在前。那一群豆鼠頓時慌成一團，紛紛閃避。綠皮卻放盡力氣，頹然倒地不起。

拾參

紫紅將軍最喜歡披著一襲黑色披風，鼻樑上架著一副墨綠的琥珀鏡。披風是用樹林裡一種質地柔軟的樹皮纖維編織，琥珀鏡則用某種植物的樹液和皮膜混合製成。這樣的打扮充滿神祕感，其他豆鼠委實難以看清牠的眼神，只會不時感覺威嚴和龐大的身影。

披風一看即是某種權位的象徵，年輕的豆鼠都不敢學，但琥珀鏡就有不少人偷偷地戴了。尤其是一些作戰的士兵，牠們發現逆光時，戴上琥珀鏡就不用畏懼陽光的照射，安全感增加不少。

紫紅將軍歡迎兩隻大森林豆鼠的方法相當另類。當菊子和紅毛抵達營地時，牠安排了一個特別的娛樂節目。紫紅希望牠們之一能夠代表大森林，參與三種高原豆鼠的競技。

紫紅將軍認為，既然遠從大森林出來探險，一定是經過一番精挑細選，才能勝出。於是，牠指定了高原豆鼠最驍悍的勇士來和牠們較量。

紅毛十分訝異，這麼短的時間，紫紅將軍就對牠們的狀況瞭若指掌。當牠們面見紫紅時，一切才恍然明白。原來紫紅旁邊就站著缺耳隊長，一臉笑咪咪地向牠們致意。紅毛卻硬不給對方好臉色。牠直覺缺耳充滿心機，若非正在列隊歡迎，真想跳過去，狠狠揍牠一頓。

倒是比賽之事，紅毛很爽快地答應。牠也想測試，這些身材看來比較高瘦的高原豆鼠，到底有何能耐。

準備和紅毛比賽的豆鼠代表，叫火熊，體型相當驃悍。據說牠能單獨空拳驅走白狐，而且曾用彈弓射落過大鵟。

第一項比賽是爬樹摘豆。

牠們來到一棵大樹前。這棵的樹圍可以讓十隻豆鼠圍抱，據說是少數百年前殘留下的大樹。扁豆事先就由士兵掛到樹頂。比賽方法很簡單，誰先摘到扁豆就贏了。

這棵大樹並非扁豆適合攀附生長的一種。它的樹身十分光滑，一般豆鼠根本無此能力，只能利用一些樹身上的小節瘤，一步一趨地小心往上。更可怕的是，因為大樹甚高，爬上去，若不小心摔下來，一定粉身碎骨。而紅毛和火熊都只有一條藤繩幫助牠們攀爬上去。

牠們各自選擇大樹的一方往上攀，彼此看不見對方。這樣有一個好處，雙方都避免受到對方的影響。

比賽一開始，兩隻豆鼠便迫不及待地找隙縫，往上攀。過了好一陣，紅毛勉強攀爬到樹幹半身處，才站上一根可以休息的枝幹。

牠們攀爬時，高原的豆鼠士兵不斷地喝采、加油，當然主要是幫火熊了。後來，歡呼聲便減弱了，紅毛藉此研判，火熊八成是落後自己了。

唯不久，歡呼聲再度響起，牠想火熊可能已經趕上。急忙卯勁往上找攀高的位置。但眼前的樹幹找不到任何隙縫可以攀爬了。怎麼辦呢？紅毛索性取出藤繩，套結，開始往上投擲，希望能勾住上面的樹幹。

牠一邊投時，發現對方的藤繩，也不時擺盪出樹幹來。牠猜想，火熊可能也遇到了同樣的困境。可是，從藤繩垂落的高度判斷，那火熊投藤繩的位置，比牠高了許多。牠若不加快行動，恐怕會輸掉比賽。

紅毛好不容易套上了一根樹幹的枝頭時，全場的豆鼠都啞然失聲，靜悄悄一片。紅毛不禁更加有信心了，倒不是有把握贏對手了，而是牠再度確定火熊還未將藤繩套上樹幹，士兵才會靜下來。

士兵的反應幫了牠不少忙，讓牠清楚火熊的動靜。當牠準備沿藤繩爬上去時，全場卻歡聲雷動。牠暗自猜想，這下不妙，那火熊一定是套著了更高點的樹枝。於是，更加拚命地上爬。

下面的豆鼠已經開始鼓噪，等牠爬上樹枝站穩時，那火熊早已上抵更高的樹幹，接近扁豆垂掛的所在。眼看快要輸了，那火熊卻一個不小心滑倒，從樹枝掉落。全場豆鼠一陣虛驚。所幸，火熊相當機警，迅速捉住了原先的藤繩。

紅毛趁機迅速爬上了好幾個樹枝，但火熊身手俐落，再度超過牠，居於領先的位置。紅毛靈機一動，把藤繩拉起，一端繫上折斷的枯枝，擊向扁豆。火熊準備伸手摘取時，紅毛竟輕易地用樹枝把扁豆擊落。而且，率先滑下地面，撿到手上。

看到這種情形，高原豆鼠們群情譁然，火熊下來後，氣鼓鼓地跑到紫紅將軍面前抗議。高原豆鼠舉行這項比賽以來，從未如此摘過扁豆的。但紅毛的手法是否妥當，高原豆鼠一時也找不出反駁的理由，畢竟比賽未曾規範摘取扁豆的方式。更何況，紫紅將軍未表示意見。其他豆鼠士兵自不敢多吭聲。第一場就算紅毛贏了。

第二場比賽叫繫袋長跑。

參與比賽者必須背綁著一大袋和身子幾乎相當重量的扁豆，在草原競技，跑向一處山坡頂。那山坡頂有一隊豆鼠士兵巡狩、監視。跑者在那兒卸下後，再跑回營地，先抵達的便是勝利者。

跑者必須注意的是，牠要小心估算自己的肩負能力，以及下坡時回程的能耐，那是全然不同節奏的路段。

對紅毛而言，揹負扁豆自不是問題。以前在大森林時，體力就被公認是最好的。這一趟探險，每天都要背負扁豆，牠的負重能力更加進步。還未比賽，牠已有必勝的信心。

火熊輸了第一場，非常不甘心。還未開賽，已經躍躍欲試，恨不得將紅毛遠遠拋在後頭。比賽一開始，牠果真一馬當先，火速衝出去。紅毛亦不甘示弱，沒多久便超越火熊。火熊隨即又趕上、超前。牠們之間的競爭剎時便得有點情緒化，兩隻豆鼠都忘了適當的調節體力與節奏，似乎只在乎那暫時的領先。

最後陡坡時，距離便拉大了。紅毛將火熊逐漸拋在後頭。肚子大有何不好？難道就跑不動？除了彈弓和尖刺，紅毛就不相信高原豆鼠有何能耐？等到牠輕易地跑上丘頂時，火熊還氣喘如牛地，遙遙落在半山坡呢！

卸下扁豆時，紅毛自以為勝券在握，可那驕傲的大肚子在衝下山坡時，卻成了阻礙，讓牠無法快速。火熊上抵頂端後，開始加足了馬力，像一隻蓄勢待發的大鷲，飆速俯衝而下。原本還落後一大截，下抵山腳時，又和紅毛並行了。於是兩隻豆鼠又展開互相超越，直到最後，火熊才以一肩之差，險勝了紅毛。高原豆鼠們爆出熱烈的喝采聲。

紅毛輸了比賽，上氣接不著下氣，但到達營地時，依然站得很挺。不像火熊趴倒在地，彷彿不省人事。菊子特別過來向牠致敬，因為紅毛展現了大森林豆鼠們不服輸的堅強意志。

「接下來的比賽呢？讓我們以最後一局分出勝負吧！」紅毛喘著氣，不願意服輸，積極地向紫紅將軍要求第三項比賽。

紫紅看牠鬥志昂然的樣子，不禁大笑起來，舉手向所有豆鼠致意，表示比賽結束。這場競技嘎然中斷，所有豆鼠甚感詫異。至於第三項會是什麼內容？紫紅將軍沒有公布，更不得而知。

紅毛很不情願，將軍明顯在袒護倒地的火熊。但看到所有豆鼠士兵都敬謹地接受紫紅將軍的指示，也不好意思再抗議什麼。

拾肆

綠皮甦醒時，眼前站的豆鼠不是別人，就是青林隊長。而牠橫躺的位置正是最初來到米谷下榻的樹洞，意即被捉走的位置。

「我怎麼會在這兒？」綠皮吃驚問道，覺得像是做了一場惡夢，隨即感覺全身多處隱隱作疼，想起了先前遭遇白狐追擊的可怕過程。

「我們的採集隊在東北邊的森林邊緣，把你救回來的。」青林微笑道。

沒想到，自己真的走回米谷，綠皮不禁仰頭呵笑，可差點把肩膀的傷口笑裂了。青林已經習慣牠這種突如其來自我解嘲式地嘻笑。牠只是不解，其他兩隻豆鼠為何跟綠皮的個性差異如此之大。大森林是什麼樣的森林？那兒的豆鼠的生活價值是什麼，牠還是不甚清楚，但青林總覺得其他兩隻，或許是較接近大森林的典型，綠皮卻是異數。

「你怎麼去到米谷東北方的森林邊界？」

綠皮把牠們被綁架驅逐，最後遭到白狐夜襲的過程，約略地敘述了一遍。

「沒想到你居然能夠沿溪回來。這還是過去的豆鼠所無法達成的。」青林驚訝道，隨即靜默一陣，彷彿心事重重。

這時一隻豆鼠士兵送來扁豆和塊莖，青林先行出去。

綠皮暗自思忖，「這青林也真是奇怪，竟不追究我失蹤細節，也不好奇紅毛和菊子的下落？居然只驚訝我如何到來？」恍然間，牠對綁架之事有了眉目。

等綠皮吃了一會兒，青林又走進來。

「走吧！我們去見大澤。」

綠皮緊盯著牠，青林變得很不自在。綠皮因而猜想，牠勢必也了然，自己在想什麼了。大澤想見我？綠皮不吭聲，心裡只是默想，這樣也好，青林畢竟是下屬，不如直接找大澤質問清楚。

大澤坐在木桌前，觀看一張掛在牆壁上的地圖沉思。那地圖比菊子的竹簡大了許多，而且十分清楚地將米谷、高原和大森林的位置都繪了進去。地圖明顯地還很新，因為牠

上回進來時，並沒有看到。綠皮看得目瞪口呆，彷彿不用問什麼事，有些心裡的疑問，都已展示在這張地圖上面。

青林把綠皮帶到大澤那兒後，搬了張椅子讓牠坐下，便悄然退出。

「你知道我在看什麼嗎？」大澤背對著綠皮，看著眼前的掛圖，平靜地說道。

「你在看跟我這次旅行有關的東西。」綠皮悠然說道。

大澤捻鬚苦笑，「青林還一直以為你是三個裡最笨拙的一位。」

綠皮不禁皺眉，不知如何解說這樣的觀察是否正確。

大澤邊說，邊取起桌上的一枝木棍，指點給牠瞧，「看這裡！這是高原那條流到米谷的溪，你從這兒經過了一連串水瀑抵達的。如果你能告訴我們怎麼走的話，也許，以後我們可以更快通往東北。」

綠皮心想，這個大澤真是個自私的傢伙，原本以為牠會談及綁架之事，未料到牠竟隻字未提，只是拐彎抹角說些不相關的事。綠皮索性直接詰問，「我們是不是被你派人綁架的？」

大澤愣了一下，沒有回答。

大澤這一愣，綠皮更加確信了，遂繼續追探，「你為什麼不願意讓我們待在米谷？」

「你不用急，我馬上就會說到。」大澤停頓一下，整理思緒後，繼續用木棍指著掛圖，「我們先回到剛才的問題，待會兒再回答你。當年，我們的祖先來到高原之下生活時，森林已經被破壞殆盡。所幸，還有這條溪的存在，才能殘留一些林木。我們是在這樣困苦的環境成長，重新再建立了這個森林的模樣。」

綠皮欲再啟口，但大澤不給機會，「高原豆鼠應該誠心感謝我們的歷代祖先。牠們不斷犧牲、冒險，在大鵟和白狐的威脅下，失去了許多生命，才得以留傳栽植的技術，以及採集其他植物的方式。我只是將這個寶貴的遺產整理下來，傳授給新一代的豆鼠。」

大澤繼續指著掛圖，「現在你看到的米谷範圍，其實已經夠大了。我原本只希望豆鼠們就住在這兒，自立自足，依靠現有的採集和栽植方式生活就很好。不需要再到外面去拓展更大面積的森林。我們，或者我們的子孫都可以在這裡快樂地過一輩子。」

綠皮不耐煩，冷然地再提醒，「你還是沒有告訴我，為何要綁架我們？」

大澤緩緩回頭，慢慢地走到牠面前，以其瘦高身子低頭探看牠，突然間微笑道，「你們的肚子實在太不適合米谷了。」

「我的肚子和綁架有什麼關係？」

「當然有了，米谷的森林並非我一個人管理的，我想你也知道，它和大森林一樣是由許多長老共同開會統治。雖然牠們賦予我治理米谷的實權，但也把開拓邊疆的任務交給另一隻豆鼠，紫紅將軍。相信你在這兒也聽過了。」

綠皮知道答案即將揭曉，專注地等候大澤繼續解釋。

「過去，我們並沒有開發北邊的計畫，是紫紅一直遊說長老們，要牠們相信，現在米谷的範圍不足以抵抗白狐和大鵟。牠設法讓長老們認為，唯有拓展北邊的荒原，把那兒也種植出一片森林，將米谷和北方聯成一塊，才能將白狐和大鵟的族群分隔，之後再逐一驅離、消滅，這兒就全部是豆鼠的天下了。」

綠皮聽得呆愣住，沒想到豆鼠族群裡竟有這樣的梟雄。

「我們會積極地面對大鵟和白狐，主要便是擁有紫紅發明的尖刺和彈弓，讓豆鼠們敢於對抗這些宿敵。前幾年，紫紅便提出募兵前往北方的計畫，長老們也沒有什麼理由反對。所以，牠才能帶領許多年輕力壯的豆鼠到那兒開墾。」

「這樣不是很好嗎？」綠皮聽了也相當興奮，還無法見到紫紅讓牠頗感遺憾。

「可是有一個很嚴肅的隱憂，還是必須提出來。」大澤無奈地說。

綠皮相當好奇，繼續靜默地聆聽著。

「我從來不相信豆鼠能徹底地打敗白狐或者大鵟，甚至將牠們趕離高原，或米谷周遭。物物相剋是自然的恆理。再說，假如有一天，豆鼠真的把敵人都趕走了，豆鼠有了更大的森林時，屆時就沒有理由節約繁殖的數量。」

綠皮想起了大森林的狀況。

「等豆鼠一多，沒多久，林子空間便會不足又要想辦法往荒原擴張，然後又要面對白狐和大鵟。如此循環，我們去開拓北方林子的意義就大有問題。豆鼠不應該那麼貪婪無厭，我們應該有所節制，謹守現有的環境，白狐也不會隨意冒犯。我相信，豆鼠歷史上，勢必經過這樣的爭執，最後造成分裂。我們若無法記取祖先們慘痛的教訓，那就未免太可悲了！」大澤感喟道。

綠皮聽牠這一番冗長的敘述，似懂非懂，但大澤的遠見與憂慮，讓牠頗為認同。這或許是大澤被其他豆鼠尊敬的地方吧！

「你為什麼不跟長老們遊說呢？」綠皮問道。

「我也講過了，但沒有用，這是需要投票表決的。大部分的長老都被紫紅說服了，能夠為下一代的豆鼠創造更美好的環境，這樣的理由難道不夠好嗎？我提出的警告也有長老贊成，但這畢竟有待時間檢驗。唉！我們不能老是急功近利，成功的事實擺在眼前，才會信服。」

「你還沒說出綁架我們的原因？」

大澤還是未直接回答，繼續說著心裡想說的話，「我從小就和紫紅一起長大，也一起吃過苦，被白狐追擊過，死亡的陰影每天都籠罩在我們的身上。紫紅從那時起就暗自發誓，總有一天要發明武器對抗白狐和大鵟。」

大澤東扯西講，始終不願意回答綁架之事。綠皮在心頭暗自嘀咕，真是狡猾的傢伙。

「我知道牠的個性，牠一直在追求更大的成功。那是牠實踐生活的方式。以前發明各種武器，主動攻擊白狐，如今拓展北邊的森林也是一例。但那不是最終的東西，牠心裡還有更高的目標，更大的心願，尚未出現。北邊的森林早已開發到一個階段。我想牠在積極尋找新的努力目標。而你們……」大澤把話打住，然後一字一字地說出，「你們可能正是把這個目標帶來了。」

「這跟我們有什麼關係？」綠皮驚愣，不以為然地反駁，「你不要把事情扯到紫紅去。」

「不，請再聽我說，」大澤委婉說道，「你還記得那個大石碑嗎？」

綠皮按捺住脾氣，讓大澤有解釋的機會。

「我還記得第一次，我們兩個到大石碑那兒的情形。那一天，其他豆鼠都在大石碑附近玩耍，但紫紅一直注視著大石碑的地圖，我很少看到牠如此對一個東西產生興趣。後來，我問牠，為什麼看那石碑這麼久，牠說，很嚮往過去豆鼠輝煌的時代。」

「很多豆鼠也一樣啊，我的同伴也是。」綠皮回答。

「不，這件事發生在紫紅身上就不一樣了。我過去一直在想，牠帶隊到北方拓墾，最後的目的不只是開發北方而已，而是要恢復過去豆鼠王國的情景。到北邊去，只是去操練軍隊，讓牠們更適合打仗。以前牠就曾跟我提過，那大石碑豆鼠的豐腴樣子，讓牠百思不解。牠因而相信，這世間勢必還有其他豆鼠，依舊活在某一個地方。牠一直在等待這個機會。你們的出現，正好印證牠的想法。」

綠皮不吭聲了，如果大澤沒有猜錯，紫紅會是一個野心勃勃的傢伙。許久，牠才悠然嘆道，「難道長老們不會阻止牠的野心，光靠一個米谷的能力，就有辦法恢復原來的豆鼠世界？」

「我也如此憂心。」大澤感慨道。「這也是你們出現米谷時，我急於把你們再送回大森林的理由。是我祕密下令綁架你們，把你們送出去的。如果讓紫紅和你們接觸，進而瞭解大森林的狀況。我們彼此的世界都會出問題。」

綠皮大驚，大澤終於道出心聲，「你這個方法是沒有用的，假如我們失敗，還會有第二波大森林的豆鼠到來。紫紅遲早會遇到牠們的。」

大澤默然不語，綠皮說的沒錯。如今牠覺得自己下令綁架之事，或許太急躁了。事情根本無法隱瞞，紫紅一定會認為牠企圖掩飾什麼，甚至懷疑牠想要獨攬整個米谷的權力。事情恐怕要鬧大了。大澤陷入這輩子最大的困境，不知如何解決。

看到大澤低頭沉思，愁眉不展。綠皮感覺，牠勢必是陷入一個複雜的權力鬥爭危機裡。不過，牠隨即驚覺到大澤果真是一個不簡單的傢伙。剛才愁雲慘霧的形容，才抬起頭，又展現親切的微笑，而且看不出是裝出來的。

「你有沒有發覺，那圖案上的豆鼠體型剛好介於你們和我們之間？這是個很有趣的訊息。」大澤再問綠皮。

「喔！怎麼說呢？」

「我們的體型正好顯示，這是一支正從惡劣環境中成長的豆鼠。圖案上那豆鼠畫的時候正好是森林疆域最廣闊的時候，豆鼠們的體型剛好發福起來。你們肥胖的肚子則是森林開始敗壞的體態指標。」

「哪有這種說法！」綠皮深不以為然，牠覺得大澤的推論過於一廂情願，可又說不出更好的反駁理由。

「對了，你那兩位同伴可能已經在紫紅那兒了吧？」大澤問道。

「應該是。」綠皮點點頭。

「唉，不知能不能避開一場內戰？」大澤不再說話，繼續凝視著掛圖。

內戰？綠皮很想再問最後一句話的意思，但大澤似乎不太想再聊天。

綠皮的肩膀又隱隱作痛，正要告辭。

大澤突地吟誦道：

今夕無風無雨
我卻烏雲滿懷
不知投向何方
每個方向
家園的大石碑不斷高聳

綠皮驚喜道，「啊，你們也寫詩嗎？」

大澤莞爾一笑，「年紀稍長的都該還會一些吧，怎麼你沒注意到嗎？」

綠皮搖搖頭，猶是半存疑，心裡卻是一陣開懷。沒想到，在大森林快沒落的文化，卻在這兒還隱隱盛行著。

「現在我不會再綁架你了，或許你有空可以到林子裡多逛逛，應該會看到許多豆鼠在吟詩，甚至朗誦。」

綠皮撐著身子，緩慢地走出大澤的住屋。牠出去時，青林已經在外面等候好一陣了。

「你會寫詩嗎？」

青林點點頭，「正在學，年紀大了，沒事寫詩，比較不會被批評。」

拾伍

紫紅住的地方是一間很大的石窟，四周用燭火點亮著。任何豆鼠一進去，就會看到一張和大石碑一樣的地圖，橫亙在石壁上。各種尖刺、彈弓懸掛著。地面上則擺放了好幾種木頭做的各種武器，似乎仍在研究中。

「我聽缺耳說，你們在尋找一個叫『歌地』的森林，那個地方看來是我們的米谷了。」紫紅主動解釋道。

「如果再往西邊去，沒有森林的話。我想應該就是吧？」菊子也不想隱藏這個事實，「你們的森林剛好又有製作這種竹簡的竹子。」

「再往西？哈！哈！我派了好幾隊豆鼠去過，帶回來的都是大鵟和白狐的骨頭。」

紫紅狂傲地笑道。

菊子覺得牠的語氣未免太囂張了。

「既然找到了『歌地』，你們有何打算？」紫紅一笑完，話鋒一轉，面容嚴肅地問道。

菊子低頭沉思，覺得紫紅問得真直接，「把這兒所見所聞都帶回去，讓大森林的長老裁示，決定如何採用新的栽植方法，減低大森林的破壞，並且學習你們發明的武器，去對抗大鵟和白狐。」

「就這樣嗎？」紫紅追問。

「也許，可以移民到米谷，如果你們不反對的話。」紅毛在旁插嘴。

「紅毛不要亂說！」菊子急忙止住紅毛發言。

「哈！哈！沒有任何高原豆鼠會答應你們的要求。這是牠們辛苦建立起的森林，怎麼可以隨便就讓你們搬遷進來呢？」紫紅說。

「大家都是豆鼠為何不能呢？」紅毛甚感不解。

「高原的豆鼠恐怕不這麼認為，牠們覺得自己是一個族群。難道你在比賽時，沒有這種感覺嗎？」紫紅向紅毛質問。「除非我們覺得有些好處，相信你們若是我們，也會用這種角度去思考事情。」

紅毛低頭不語，牠覺得紫紅說得甚有道理。

「這件事，我想可以慢慢來的，雖然隔了那麼長的世代，但畢竟都是豆鼠，最重要的是先溝通，讓兩邊多瞭解，以後就好辦了。」菊子安慰道。話雖如此，心裡可不是這麼想的，牠主要是說給紫紅安心的。

「事情恐怕沒有你想的那麼容易。我們的數量少，你們多。你們隨便遷移一些過來，我們就會被同化掉。高原豆鼠們難免擔心自己的生活風俗會消失。牠們覺得自己的生活是最好的，如果和你們這些肥胖型、只吃扁豆的傢伙共同生活，牠們一定會大加反對。」紫紅開始用教訓的口吻。

菊子被紫紅這一說，也不知如何回答了，心裡卻已有譜。牠暗自思忖，這些高原豆鼠有什麼了不起，光憑會栽植和製作武器，就想超越我們，那還遠呢！我們還有詩，牠們有嗎？菊子想到詩，不免愣了一下，好像有些心虛。

「你，不！」紅毛知道紫紅不喜歡人家這樣直直稱呼牠，急忙改口，「將軍有無高見呢？」

紫紅直視紅毛，想到適才比賽牠所展現的昂揚鬥志，臉上隨即浮現奇特的喜悅。牠發現，自己愈來愈喜歡這隻肥胖的豆鼠，不知大森林的豆鼠，像這樣的有多少？

「不瞞兩位，現今唯一能讓高原豆鼠瞭解世界在改變，接受大森林的移民，我想只有我了。」紫紅說的時候既充滿信心，也相當自負。

菊子和紅毛愣了一下，卻也不敢斷言，紫紅的說法是否太過於誇張。

「其實，高原豆鼠住的米谷還有很多空間。我開拓了北邊的這一片森林，應該可以讓更多豆鼠居住，說到這點，我想大森林的豆鼠恐怕還得感謝我。但你們必須說服大森林豆鼠，要牠們把眼光放到整個豆鼠世界的概念裡，恐怕較為困難。」

「如果需要的話，還得請將軍幫忙了。」紅毛搶在菊子之前貿然說話。

菊子始終對這位高原的將軍充滿戒心，短短的談話裡，紫紅果然野心勃勃，句句話都有明顯的企圖。牠也很擔心紅毛，這隻年輕的豆鼠似乎對紫紅有著盲目的崇敬。

怎麼辨呢？菊子有點後悔來拜會紫紅了。牠想趕快離開這裡。輕裝簡從、扁豆一袋都可，只要能單獨回到大森林就好。如果這個紫紅將軍帶著大量的武器和栽植技術，出現大森林，對大森林的豆鼠絕對是件悲劇。大森林需要的是搶救森林的方法，不是統一兩邊的世界，或者什麼移民的。

「可是，我最感不解的是，你為什麼還命令豆鼠綁架我們？」紅毛突然問道。

「綁架？」紫紅訝異道，「你們被綁架？」

紅毛從紫紅的表情明顯看出，牠並不知情。於是，詳細地把牠們在米谷的經歷再敘述一遍。

紫紅聽完後，激動地握拳，「我不會做這種事，長老們怎麼可以……不對，這件事應該是針對我而來的……」

話說一半，紫紅似乎想到什麼，突然冷笑起來。隨即靜默不語，想了一下，把缺耳叫到旁邊，吩咐了一些事。

之後，牠又若無其事的，開懷地邀請紅毛和菊子，參觀牠最近的一些發明。紅毛十分興奮，唯菊子愈來愈憂心，已經沒有觀賞的心情了。

拾陸

紫紅引領牠們進入另一個更大的石窟。這石窟是新近由豆鼠士兵敲鑿完成。裡面空蕩蕩的，什麼都沒有。只在中間擺了一個有著石輪的木車。

「這是做什麼用的？」紅毛好奇地問道。

「你覺得呢？」紫紅笑咪咪地考牠。

「大概是一種收割食物的新機器吧！」紅毛不太敢確定，但牠實在想不起還有什麼其他的可能。

菊子卻在旁暗自冷笑，牠無法想像，像紫紅這種豆鼠，怎麼可能會笨到發明一個收割用的器具，還擺置在這個大石窟裡炫耀？

紫紅觀察到菊子的冷笑，刻意探問牠，「菊子隊長認為如何呢？難道你們在大森林也有相似的收割工具？」

「哼！我們只吃扁豆，扁豆用不著這種東西。」

「哈！哈！哈！」紫紅又大笑了，「其實它正是一種採收扁豆的工具。叫採收車。來！你們看。它只需要一個人就可以輕易地推動。而它的木架基部，這兒可以放置三十多粒石塊。一次一塊，放到這個推送器上。推送器可以左右前後都轉動，操作者只要瞄準扁豆上方的枝莖，再用力踩著推送器的另一端，石塊就會發射出去，把成熟的扁豆擊落。以後豆鼠就不用辛苦地爬樹採收扁豆了。」

紅毛讚歎道，「將軍果然厲害，難怪牠們都說你是發明的天才。」

「爬樹上去採集也很容易，並不需要用到這種採收車。何況大森林和米谷的環境都不平坦，採收車能行進的地方恐怕還不多呢！」菊子在旁澆冷水。

「嗯！你說得固然不錯，但這是沒有遠見的憂疑。我這個採收車可是為將來而設計的。譬如說，萬一有朝一日，我們被迫搬到北邊來，這兒的平坦地形就非常需要了。採收若容易，我們就能花更多的時間做別的事，不須把太多時間浪費在扁豆身上。過去百年來，我們花在扁豆的時間實在太多太多了。」

菊子很不以為然，「能把時間都花在吃的，才是幸福。大森林會沒落，說不定就是花了太多時間在別的事情。」

「無稽之談！不跟你說了。」紫紅大概是被菊子的頂嘴惹毛了，異常憤怒。披風一抖，拂袖而去。

那缺耳正好進來，趕忙趨前報告事情。紫紅才轉趨冷靜。但聽完報告後，斗篷一揮，匆匆出洞了。

菊子也不管，兀自看著採收車，再暗自評估，它對自己的森林有何貢獻。

菊子對紫紅的發明充滿質疑的對話，讓紅毛深感不滿。牠清楚菊子故意找碴，處處和紫紅作對。牠不明白菊子為何要這麼做。

「你們實在不應該這樣說話，將軍很少這樣動氣的，假如你們不是客人，牠早就將你們丟到高原餵食白狐了。」缺耳很不高興，紫紅離去後，迅即衝過來，劈頭狠狠訓斥了一頓，「剛才如果你們不這樣亂講話，將軍會介紹更多採收車延伸發展出來的功用。」

紅毛雖不喜歡菊子的態度，但畢竟同樣來自大森林，缺耳的警告讓牠非常不悅，隨即惡狠狠地瞪著缺耳，對這種仗勢著地位，高姿態講話的豆鼠，牠最討厭了，當下不甘示弱地回嘴，「我願意隨時候教。」

拾柒

「那天蒙面捉走我們的是不是你？」綠皮問青林。

青林苦笑，不好意思地點頭。

「你差一點把我們害死了。」

「這實在不能怪我們，如果你們不是沿著我們的路線走，而是朝東，直接回大森林去，就不會有事了。」青林反而責怪起牠們。

說得也是，綠皮覺得再責怪也沒用，轉而好奇地探問米谷這兒詩歌的創作內容和風氣。大澤果然沒亂說，米谷有不少老豆鼠組成的詩社。豆鼠年紀一大，閒遐時間多了，難免以詩自娛。

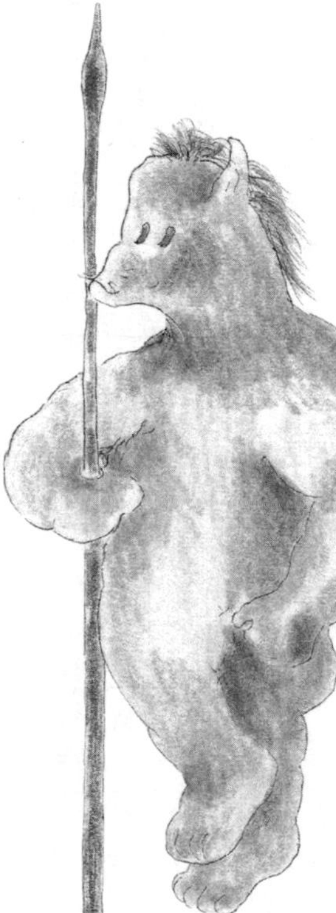

聊詩好一陣，再把話題轉到大澤身上，試圖從青林那兒多瞭解這個高原豆鼠最崇敬的傢伙，以及那個深謀大略的梟雄紫紅。牠把和大澤聊天的事情大致和青林講了一遍，青林聽了驚愕不已。

「你覺得會發生內戰嗎？」綠皮問道。

青林回答得謹慎，「我沒有這種智慧。」

「假如發生內戰，你會站在哪一邊？」綠皮再追問。

「那還用說，我當然是跟大澤了。但是我們會發生內戰嗎？長老們一定會出面阻止的。喜歡寫詩的民族，不愛戰爭，更何況自己的族群吵架。」青林有些自言自語在安慰自己。

「不要自欺欺人了，你們年輕力壯的豆鼠都被紫紅調到北邊去，訓練成自己的部屬，長老要如何阻止呢？這事恐怕由不得你們了。」

「米谷從未發生過內戰，豆鼠們追求的是和平。我們有一致的敵人，我們只對抗白狐和大鷲。」

「雖然沒有內部的戰爭，但你們現在整個社會的組織結構，早已為戰爭鋪好了一條寬敞的大路了。」綠皮苦笑，「唉，沒想到連這裡也跟大森林一樣吵來吵去。其實，爭執並不一定是壞事，糟糕的是無謂的傷害，造成族群的分裂。」

「你們的森林發生過什麼事嗎？」

「以前為了扁豆爭吵過，有一整群豆鼠私自離開，要去尋找新的樂園，但以後就再也沒有回來。」

「我們也吵過，但是因為有大澤的發明，才度過了糧食危機。」青林終於承認也曾有過危機。

「你想大澤會如何面對這個危機？」

「不知道，我只是對牠有信心。我們留在米谷的豆鼠對牠都有信心。」

「可是你們打得過紫紅的軍隊嗎？」綠皮憂心道。

「大澤會解決的。我們相信，牠總是會帶領我們度過危機，你等著看吧。」

牠們正談得熱絡時，外面進來一隻豆鼠，遞給青林一封信。青林打開來，看了之後憂心道，「長老團通知要開會了，我想一定跟這件事有關。」

拾捌

「你們很幸運，才來沒幾天，就要目睹這個豆鼠有史以來最偉大的發明。有許多豆鼠來這裡屯墾兩年了，連個影子都還未見過呢！」缺耳引領菊子和紅毛上抵高原的小丘看台後，大肆吹擂著這個準備觀賞的武器。

菊子和紅毛總覺得缺耳似乎有點誇張過度，但看到整個高原豆鼠都在為這個表演而動員，對即將出現的東西，不免也有了一些期待。

「唉！其他隊伍怎麼動作那麼慢呢？應該好好再整飭了。」缺耳觀望四周部隊的集

合，顯得很不滿意。

紅毛發覺，在北邊屯墾區，缺耳的位階突然變高了。除了少數隊長外，幾乎所有豆鼠都得聽牠的命令。據說，缺耳前幾日才和大華一起高升。高升的原因，竟然是帶回了菊子一行來到米谷的消息。但也有豆鼠認為這不是最重要的因素。以前，缺耳帶隊保護豆鼠採收時，表現便相當傑出。何況，紫紅發明採收車前後，牠也幫了不少忙。

無論如何，紅毛再度遇見的缺耳，一副小軍官那種趾高氣昂的舉止已經消失。缺耳變了。升到不同的位階，任何豆鼠明顯會有不同的處世態度。這樣的俗世行為，放在缺耳的身上更充足地印證。如今在紅毛眼裡，缺耳變得有點刻意在學習做一名指揮者的語氣和舉止。牠仿效的對象，當然是紫紅將軍。

天氣變晴朗了，其他部隊也逐一抵達預定位置集聚。缺耳非常不滿，第一次做總指揮，各隊竟如此不捧場。牠隨即教士兵傳話下去，讓幾位帶隊的隊長知道，牠對今天的集合相當有意見。

不久，紫紅將軍在一群豆鼠士兵持旗的簇擁下，緩緩上抵小丘上的看台。牠一抵達，各部隊的紅、藍、黃等大旗迅速升起，迎風飄揚。

緊接著，一排士兵快步拉著一輛木車，另一組士兵則帶來一個用藤條支撐，張開的大白布。那大白布隨即用一條粗繩繫住，繩子的另一端則綁在木車上。接著，火熊也來到那兒，身上繫著彈弓和尖刺。兩三名士兵上前，將牠和大白布綁在一塊。

「牠們在做什麼？」紅毛好奇地問道。

「大白布叫布鳶。至於那採收車你們見識過的，但是——」缺耳驕傲又故作神祕地解釋道，「它今天會展現更驚人的用途。」

「做什麼呢？」紅毛問，「難道跟那布鳶有關？」

「對，牠們會把布鳶放到高空上，讓它飛行。這就是將軍的偉大發明。」缺耳最近常把「偉大」這個詞用來形容紫紅將軍的任何事情。

「飛行？豆鼠能飛？」菊子和紅毛不約而同瞪大眼睛，難怪缺耳敢說偉大的發明，牠們更加殷切地期待著。

火熊和士兵們已準備就緒，向紫紅行禮。紫紅隨即先發表一段訓話，「各位親愛的北方士兵們！我們來到這個地方奮鬥，轉眼已經兩年了，大家都非常努力地工作，為米谷的將來開創了另一個新的家園。同時，我們也不斷地磨練自己，把自己訓練成有史以來最優秀的戰鬥部隊，等待著有朝一日，能夠和白狐、大鷲們決一死戰，把牠們徹底消滅。現在，這個日子就要到來。今天，你們將看到各位在北方工作那麼久、那麼辛苦的代價。我們不僅有武器可以攻擊白狐，打得牠們抱頭鼠竄。還要飛得比大鵟更高，讓大鵟無處可逃！」

紫紅一講完，豆鼠士兵的陣營發出了歡呼之聲，高喊「紫紅將軍萬歲」的聲浪，一波波傳遍了整個高原。等紫紅將軍把手伸起示意，豆鼠士兵們隨即安靜下來。

準備表演的士兵們開始行動了。牠們迅速推著採收車往前急跑，只留下火熊在原地，背擊著布鳶。隨即藤繩緊繃，拉動火熊和布鳶。火熊順勢跑沒幾步，馬上雙腳離開地面，輕輕地飄浮起來。

豆鼠士兵的陣營裡發出了難以置信的驚歎聲！菊子和紅毛也不約而同地瞪大眼睛。布鳶奇蹟似地在牠們眼前緩緩高升。火熊果真像一隻大鵟，攤開了一對大翅，撲簌簌地迎著強風起飛。

士兵們將布鳶放到天空以後，採收車便停止前進，全讓火熊自己操作，如何左右移動。等牠飄浮一陣，習慣天空的氣流。紫紅再要求士兵繼續放繩，讓布鳶拉得更遠、更高。

「牠們要放到多遠呢？」紅毛有點擔心火熊的安危。

「快了！」缺耳興奮地說。「最精采的表演要出現了。」

紅毛注意到布鳶已經接近高原崖壁的位置了。然後，牠發現，岸壁邊正有一群燕子在天空盤旋、覓食。

布鳶接近後，火熊慢慢地取出彈弓，瞄準燕子射擊。但那些燕子體型甚小，飛行又快速，牠射了十來回，好不容易才擊落一隻。

在地下的豆鼠士兵們看到燕子墜落時，都興奮地鼓掌叫好。

「只射到一隻燕子而已，為什麼就如此高興。」紅毛不懂。

「燕子不容易瞄準，能夠射中非常不容易。多練習幾次，以後若遇到大鵟，就萬無一失了。」缺耳在旁解釋。

「打大鵟？」菊子和紅毛都嚇了一跳，這才瞭解剛才紫紅演說的內容。原來紫紅設計這個布鳶的目的，最終的目的竟是要和大鵟在天空決戰。紫紅果然是高原豆鼠的英雄，紅毛不禁興起崇仰之意。牠不得不承認，光是憑自己的匹夫之勇，永遠無法完成偉大的事業。只有像紫紅將軍這般的眼光和智慧，才有可能為豆鼠做出傑出的貢獻！

缺耳進一步跟牠們解釋，發明布鳶的理由。原來，紫紅將軍一直認為豆鼠最終的敵害是大鵟。白狐雖然數量多，出沒無常，但終究可以用武器打敗。大鵟卻不一樣了，牠們在天空上飛，任何東西都威脅不了。豆鼠雖然擁有彈弓，射程畢竟有限。只要大鵟飛得高，豆鼠們也就無可奈何。何況彈弓發射的石塊無法攻擊大鵟的真正要害，頂多只能將牠們打傷而已。

如果豆鼠能夠發展出一種武器，飛到和牠們等高的位置，再用彈弓近距離射擊，加上採收車遠距離投遞，一定能徹底地擊敗大鳶。

現在，豆鼠們正在趕製採收車，密集徵選操控布鳶的飛行員。等牠們都訓練成功，搭配採收車，就能進行紫紅的遠征計畫，把大鵟和白狐全部消滅。

「原來採收車還有如此精采的用途。」紅毛驚歎道。

缺耳聽了大笑，「你以為那採收車真的只是用來採扁豆？其實摘扁豆只是其中的一個功能，它最大的功用是發射石塊，石塊可以射得更遠更高。再加上協助布鳶升空，不管是大鵟或白狐都會被我們打得無處可逃。」

聽到缺耳這麼解說，菊子不禁暗自心驚！牠果然沒有料錯，那採收車果真不只是用來採收農作而已，的確還有其他的目的。紫紅野心勃勃，莫非牠想統治包括米谷和大森林在內的豆鼠世界？這紫紅果真是梟雄！像這樣的角色如果和大森林接觸，絕對不利大森林的未來！

紅毛可是愈聽愈興奮，激動地叫道，「真棒，真希望有朝一日，也能搭乘這種布鳶，擊落大鵟，為大森林出口氣！」

這時一名傳令的豆鼠來到缺耳面前，原來紫紅將軍有請紅毛前去。缺耳不敢怠慢，馬上對紅毛說，「小子，你真是幸運。許多豆鼠等了這麼久都還沒有機會。」

紅毛愣愣地走到紫紅面前時，還弄不清楚缺耳的意思。

「想不想進行第三項比賽？」當牠走到紫紅面前時，紫紅問道。

紅毛愣了一下，原來第三項現在才要舉行，當下興奮地回應，「如果有機會的話，我隨時願意奉陪，跟火熊分出高下。」

「太好了，那麼請搭上布鳶，飛上天空射燕子吧！」

「啊！我？」紅毛聽到時，這才明白，嚇得倒退好幾步！

但這事似乎也由不得牠遲疑。心裡雖然害怕，在眾目睽睽下，如果不上去，恐怕會被火熊，還有高原豆鼠恥笑。如今自己和大森林的面子、榮譽，都存乎牠的勇氣。無論如何，牠都要硬著頭皮參與。更何況，牠也興致勃勃。

紫紅見紅毛未吭聲，隨即派兩名士兵帶牠到前方的高地。那兒有另一架採收車和布鳶，早已準備妥當。

紅毛將彈弓、尖刺繫妥。豆鼠士兵馬上準備好，要將牠拉上去。紅毛咬緊牙關，抬頭看天空，火熊正向牠揮手。就在牠還未弄清狀況時，整個身子竟已離開了地面。

初時，牠有一點慌張，還想捉住什麼東西，但隨即發現，掙扎反而無濟於事，還不如放鬆身子，把生命豁出去，攤開手讓布鳶帶著自己，反而飛得平穩。果然，等習慣了，牠開始舒服地享受飛行的感覺了。

飛行的感覺是什麼呢？不！紅毛覺得應該說是，離開地面的感覺是什麼？因為牠覺得最初那一剎並不是飛行，而是一種被地面遺棄的惶恐、害怕。但牠也開始體會一種俯瞰地面的新鮮和愉悅。整個世界似乎變得更大更寬廣了。任何事變得又小又遠，毫不重要。重要的是自己的存在，只有風和自己於天地間，這是唯一巨大的真實。世界其實還有另一種面貌，在前方，和自己一起比翼。

能夠把世界看得更高更遠，飛行就是這樣嗎？也不盡然！牠又漸漸地享受著其他的樂趣。一種掌握飛行技巧的快樂。牠略將右手往下擺，整個身子便傾斜，往右下方飛去。微微把雙手一縮，布鳶開始下降。再張開，自己又迅速升高。以前大鷲就是這樣鳥瞰豆鼠，捉弄豆鼠嗎？

當一隻大鷲真幸福，鎮日翱翔天空。是的，整個世界變了，就在牠來到一個不同於以往的位置時，世界有了不同的面貌，呈現了另一種價值。那是牠過去始終疏忽的。從一隻大鳶的位置，紅毛更清楚知道自己應該做什麼，什麼是不值得去做的。這是一種地面上永遠無法獲得的體會。真棒的感覺，牠真想快樂地大叫。

紅毛終於升高到接近火熊的地方。兩隻豆鼠相互招手。火熊向牠示意，飛到崖壁邊，射擊燕子。牠才猛然驚醒，自己正在比賽中。

兩架布鳶比翼而飛，緩緩地向崖壁靠過去。火熊剛才射了十發，擊落三隻燕子。紅毛也取出彈弓，對準燕子群。牠打了十來發，不過擊中兩隻。論比賽結果，紅毛輸了。不過，紅毛已經不在意，牠覺得自己已因飛行獲得更大的東西。

之後，牠又單獨試射，瞭解彈弓在天空射擊的要領。接下來，牠果然大有斬獲，竟連續擊落三隻，讓地面的豆鼠驚歎不已；連火熊都向牠致意。

射完後，一對布鳶慢慢地又移向高原。紅毛興奮得不可開交，牠沒想到自己竟迅速學會飛行和射擊的技巧。牠想，這一定是領悟了生活的真諦！

呵！美麗的天空，愉快的日子！就這樣一直飛下去多棒！不，如果能飛到大森林上空，讓所有豆鼠都看到，一定更有意義。

牠突然也想起綠皮。這隻膽小而保守的豆鼠如果還活著，一定又會吟詩的。在大森林時，牠最討厭那些沒事寫詩的豆鼠，總是虛無得很，生活看似毫無目標。這時牠卻有一股創作的慾望。只是一時間，想不出任何適當的詞句，足以抒發自己的情感。牠只好試著唸綠皮走出大森林時吟誦過的一首：

當全世界睡著時
在這一屋脊最尖端的位置
我和孤獨一起並坐、對話

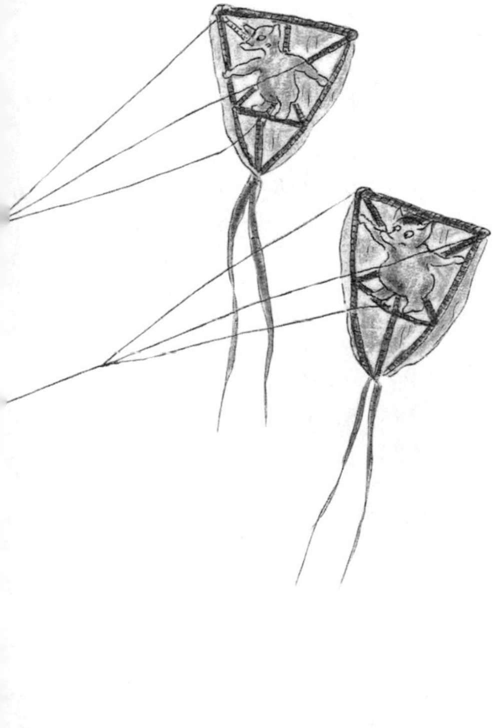

不！不是孤獨，是快樂。這樣才是真正的好詩！不知綠皮現在在哪裡，難道被白狐咬死了？不！牠相信綠皮還活著，將來重逢，牠一定要告訴綠皮飛行是什麼，為牠寫一首飛行詩。牠繼續閉著眼，享受這種飛行的樂趣，如果一輩子都能在空中飛行，這是多麼快樂的事啊！

突然間，牠聽到火熊的喊叫聲。急忙睜眼，天啊！不遠處竟有一隻大鵟升起。這隻大鵟從何而來呢？很顯然那隻大鵟也嚇到了，大概是以前從未見過豆鼠飛行吧？牠既害怕又憤怒，似乎布鳶占據了牠生活的領域，隨即飛過來攻擊。

火熊和紅毛急忙取出彈弓。糟糕的是，牠們這才發現石子已發射殆盡。下面的豆鼠著急了，想辦法要將牠們拉下去，但時間顯然已經遲了。那大鵟已經飛抵牠們面前。火熊迅速抽出尖刺抵擋。那大鵟急忙閃過，轉而對準紅毛。一切發生得如此突然，紅毛還來不及取出尖刺，只好左右搖晃，試圖躲閃。然而，天空非陸地可比擬，布鳶行動緩慢，大鵟迎面撲上，完全閃避不了。紅毛心想完了。

可是，奇蹟卻發生了，原來大鵟未料到布鳶速度過於緩慢，自己卻衝得太快了。一隻爪子伸去，未捉到紅毛的身子，竟先勾住布鳶的藤架。轉而被藤條纏住，無法飛行。

紅毛的重量，加上那隻大鵟，布鳶終於支撐不住，劇烈下滑。大鵟雖然慌亂，還是繼續用另一隻爪攻擊紅毛。所幸紅毛已經取出尖刺，抵住大鵟的攻擊。火熊也想盡辦法，飛過來攻擊大鵟。那大鵟受到攻擊後，愈加生氣，胡亂地拍翅。這個結果使得布鳶加速墜落，牠也被纏得更緊。紅毛眼看墜落的方位竟然是斷崖深谷，嚇了一大跳。急忙掙脫藤繩，準備脫離。

這時，火熊的布鳶再度飛抵，趁機用尖刺刺向動彈不得的大鵟。那大鵟被刺中，叫聲更加淒厲，掙扎遠甚以往。布鳶因而快速翻滾，墜落速度奇快，就在千鈞一髮跌落斷崖時，紅毛趁機跳離了布鳶，緊緊捉住了生長於崖壁上的草莖。那大鵟卻和糾結在一起的布鳶一路翻落到深不見底的崖谷。

草莖只有一小撮，其他地方都是禿裸的峭壁。紅毛緊捉著，好不容易腳跟踏著一個可以立足的位置。但牠不曉得自己還能支持多久。

天色漸暗，聽不到上面有任何的聲音。天啊！到底自己離高原有多遠？上面的豆鼠們是不是以為牠已經死了，不知道牠仍在崖壁邊等著救援呢？牠試著大喊好幾回。結果什麼聲音都沒有。求救聲似乎還未到達崖上，就被風吹散了。

風愈吹愈大，挾帶著呼嘯之聲，森冷而凌厲地吹刮牠的皮膚。夜幕終於低垂，岩壁下像一個黑暗而永無止境的深淵。牠漸生絕望，難道就這樣苟活著？最後死在一個草木不生的岩壁旁，被雨淋死，被風吹乾，成為像爬蟲一樣枯癟的屍體？而不是像一個戰士，為自己的森林光榮戰死荒原？

沒想到自己壯志凌雲，最後竟然是在這樣冷僻的角落捐出生命，多麼不值得啊！牠真的很不甘心！不知不覺掉淚了。從小到大，第一次，淚水奪眶而出，滑到牠的鼻尖，還未掉落，就被風吹乾。

牠也愈來愈餓，連以前討厭的葉子都想要摘來吃，這時岩壁卻都找不到了。手臂痠了，再換另一隻手捉住草莖。唉！就這樣撐著直到死去嗎？算了！乾脆就往下跳，來個痛快的死亡吧！

紅毛往下探望那黑暗深處。瞧得力氣放盡，眼前深淵如穹蒼之遼闊。牠知道時候到了，正要往下墜。突然間，聽到了窸窣的聲音，從深淵傳了上來。不！不是，是從上面的天空傳來。牠赫然再清醒，激動地想大叫，喉嚨卻沙啞地叫不出來。

天啊！只要給我一點聲音就好，牠必須讓上面的豆鼠知道自己在這兒。牠硬是迸出了微弱的「啊！」聲，喊出的聲音雖小，而且軟弱無力，但牠覺得已是這輩子能夠喊出的最大聲音了。不久，牠終於聽到了火熊的呼叫，「在這裡！找到了！牠還活著！」

可是，紅毛已經支持不住了，緊捉草莖的手已經痲痺，終於昏厥過去。

拾玖

青林陪同綠皮，前往米谷一處大樹環繞的空地。那兒是長老平常開會、集聚的地方。綠皮搞不清楚，牠的出席有何作用？

當綠皮進去時，十幾位長老和大澤顯然已經討論過一陣。大澤把綠皮簡單介紹後，請牠將自己和其他兩位同伴被綁架的前後經過逐一敘述。綠皮講完後，大澤遂請牠在角落坐下旁聽。

「我覺得綁架案只是一個藉口而已，沒有這樁事，紫紅還是會找理由率軍隊回來的。

大森林的豆鼠不來，牠也會派士兵出去尋找。以前牠就偷偷派了不少次。」發言的長老叫大智，明顯地在站在大澤這邊。

另一位長老大竹卻幫紫紅將軍講話了，「大智長老的說法未免過度扭曲了紫紅將軍的心意。綁架之事本來就是不該，我們卻反過來找各種理由，懷疑紫紅的動機。試問當年牠去開拓北方時，有哪幾個不贊成的？要知道，牠去北方並不是一己之見而去的。」

「當時是投票通過的，有它的時空因素……至少我並沒有贊成。」大智急得又開口了，繼續幫大澤說項，「其實，現在談這個已經沒有意義了，我想陳述的是，紫紅將軍這幾年來在北方做了什麼事，許多豆鼠都曉得。栽植林木只是藉口，屯駐養兵才是牠最大的興趣。以前長老會議決定，請牠帶兵回來，牠始終不肯，還找了一大堆藉口。後來，換青林去帶隊，牠又說士兵們不肯服從。現在，什麼時候不回來，偏偏卻選這節骨眼帶兵回來，牠心裡想什麼，我想全米谷的豆鼠都知道，又何必幫牠解釋呢？我從小就看著牠和大澤長大，不會看走眼的！」

「大智長老，話不能如此講。」又有一個長老支持紫紅。牠叫大光，眼看大智長老的話似乎受到其他長老的贊同，牠不得不反駁，「綁架這事發生在先，任何豆鼠聽到這個事，最先判斷一定會以為是紫紅做的。我們這樣做不就在汙蔑，或者說是侮辱牠嗎？

牠能不趕回來爭口氣嗎？」
「回來也不需要把整個軍隊都帶回來啊！」大有長老提出。
「牠已經失去安全感了。任何豆鼠在牠的位置都會不安！」大光繼續辯解。
「各位長老，請安靜，容我說幾句話吧！」大澤看長老們七嘴八舌，紛爭不停，只好站出來講話了。「綁架這事是我策劃的，身為現階段米谷的治理者，我必須向各位長老負責，就讓我承擔這個責任吧！我想，這是唯一有可能解決紫紅生氣，帶兵回來興師問罪的方法。希望各位長老允許我做這個獨斷的決定。但我還是懷疑，牠的動機只是如此單純。」大澤突然冒出了這一段話，「尤其是知道有大森林這個地方以後。」
「剛剛，大家也談論過了，有關大森林的事，必須經由全部的豆鼠來表決，不可能由紫紅，或在座的任何一位決定。現在，我們只是就綁架一案，做出定奪，我們必須給紫紅將軍一個公平而合理的交代。」最先支持紫紅的大竹又發言了。
有關大森林的什麼事呢？綠皮靜靜地在一隅旁聽，不禁納悶起來。大澤找牠來，只是要讓牠現身證明整個事情的經過。現在討論一熱烈，大家都忘了牠的存在。
那大竹講完後，大家又把眼光集中在大澤身上，看牠如何承擔責任。
「好吧！無論將來事情演變如何，我先以個人名義向牠道歉，再向整個米谷的豆鼠解釋原因。」

大澤才這麼說，一名豆鼠遞上一封快信，是紫紅寫來的。大光長老搶先看了，臉色頓時變得凝重，無奈地把信遞給其他長老，逐一過目。

那信的內容是這樣寫的：

各位米谷的長老們，日安：

我最近將率軍隊返回之事，想必皆已知悉。目前，怕引起不必要的驚擾，大軍日夜兼程，已經從北邊平安抵達米谷外緣入口的荒原駐紮。由於大軍眾多，唯恐干擾到米谷豆鼠的生活，暫時不考慮入林。有關綁架一案，個己名譽事小，米谷安危事大。所以，大澤毋庸道歉了，我已不掛在心上。如今我更擔心的是豆鼠的興衰、米谷何去何從等更責無旁貸的問題。一切諸事，靜待長老們的決定，指示我該何去何從。

——米谷屯駐北方疆域的紫紅將軍

「哼！把軍隊帶到森林旁邊了，還故意虛情假意地請我們裁示，這分明是要脅嘛！」一位較年輕的長老憤然說道。

「各位要注意，牠特別提醒了，牠不會怪罪大澤。牠想知道的是米谷的未來。」大光長老忍不住又幫紫紅講話。「我覺得紫紅不計較個己私怨，總是記掛米谷的未來，這樣寬宏的胸襟，可不是一般豆鼠做得出來的。至少，我們應邀牠入林，聽牠說什麼吧！」

「未來？我們的未來有什麼好憂慮的，難道知道有個大森林的存在，我們就有危機了？兩邊不相往來，不就沒事？我實在不懂危機從何而來？」那位年輕的長老激動地起身。

「紫紅向來有遠見，牠一定意識到什麼，才會不顧一切地把軍隊帶回來。」大光繼續勸道。

「等一下，各位有沒有注意，既然牠不想追究綁架的風波。牠要我們裁示什麼？」大智憂心忡忡。

大家都明白紫紅出了難題，遂不敢吭聲了。

大智又繼續說了，「這樣曖昧的語氣似乎暗藏玄機，我建議各位模擬兩種情況。一、請牠率軍隊回北方，二、請牠入林。」

「如果是第一種呢？」

「牠一定會反抗，屆時可能會有衝突，甚至發生戰爭。想想看豆鼠何時發生過內戰？如果發生了，一定相當悲哀。這不是我們所期望的，也不是牠想要的。可是如果事情是朝這個方向演變，那什麼都擋不住了。」支持紫紅的大光仔細而理性地分析，「不過，大家也看出，牠在逼我們攤牌，逼我們選擇第二個可能。我們至少可以聽聽牠想講什麼，再來做決定。」

長老們都同意大光的分析。

「難道只有請牠進來一途？」反對的聲音還是此起彼落。

「看來，我們也只有這個選擇了。」大智無奈地說道，「現在這種局面，牠顯然是下了很大的賭注。」

原本最反感的大智態度軟化了，但還是有不少長老反對紫紅帶兵回來，要牠馬上帶兵回去。長老們繼續眾說紛紜。

「軍隊是米谷的，牠們怎麼可能只聽一個紫紅的命令？」

「士兵稱牠為戰神，牠又不辭艱苦，跟大家同樣生活，會違抗的恐怕不多吧？」

「要打來打，我就不相信，自己的軍隊會打自己的住民。」

「牠最會利用年輕豆鼠血氣方剛、好勇鬥狠的心理。」
最後，話題全繞在「請牠入林」，到底是請牠呢？還是請整個軍隊？
長老們為了此事又議論紛紛，亂成一團。大澤立場最為尷尬，卻逼得必須開口講話，
「各位，我想是不是用投票的方式來解決呢？」
大竹和大光也都認為這樣最好；其他長老也不反對了。
於是，牠們以舉手表決，先決定是否邀請入林。在場長老加上大澤，共十二位。綠皮從發言的內容研判，支持紫紅的和反對牠的勢均力敵。牠實在難以判斷哪方會獲勝。
結果，六比五，邀請紫紅入林的那一邊贏了。
為何呢？原來大澤放棄了投票。
好了，現在確定是要請紫紅將軍入林。但問題又來了，仍舊回到到底要請牠單獨入林呢？還是全部軍隊入林？為了這個問題，長老們重新陷入傷腦筋的時刻。如果只是請牠單獨進來和長老們會談，牠們又生怕紫紅起疑，擔心進來後遭到長老們軟禁，以此要脅軍隊。但是若邀請全部軍隊入林，又恐紫紅藉著軍隊的力量，掌控整個米谷。
關於這點，連最支持紫紅的大竹和大光，也沒有把握紫紅會不會做出驚人之舉，尤其是牠都已將軍隊帶到林子入口。嚴格說來已經違反了長老的命令，若沒有合理的解釋，

將要遭受永遠放逐的悲慘命運。

最後，還是大澤想到一著。長老們寫了一封簡短而模稜兩可的信，邀請紫紅入林。那封短信的內容相當言簡意賅：

北方邊境紫紅將軍閣下：

長老們已無異議通過，歡迎將軍盡速入林。米谷未來的安危之事，亦請將軍到長老會上進行報告。關於綁架之事，大澤也向你表達至深的歉意。

——米谷長老團

這下長老們可把棘手的問題又丟回給紫紅了。讓紫紅去傷腦筋，到底是否該帶軍隊入林？或者單獨入林？

貳拾

紫紅將軍入林只帶了一小隊豆鼠士兵。當長老們聽到這個訊息時，都不太敢置信。而且，牠在加入長老團的會議時，旁邊也只有兩名侍衛，似乎更突顯了長老們的多心。

當紫紅望著牠們時，每隻都像做了虧心事般，不知如何是好。有的低頭不語，有的仰天沉思，竟沒有一隻敢於和牠面對面。

其實，紫紅在收到長老們的回信時，已經盤算過，如果牠單獨入林，對長老們會是一種尊重的表現，反而會減輕長老們對牠的疑慮。畢竟自己帶軍隊不請自回，已經犯了

滔天大罪。如果再帶豆鼠大軍入林，只怕會更加深長老們的不安。紫紅遂聽從缺耳的建議，輕車簡從，減少長老們對牠的疑忌。

牠甚至在服裝上也特別考慮，卸下了過去一定披在身上的斗篷，換成一般豆鼠士兵的制服，只是猶戴著琥珀鏡。

當紫紅進入會議場時，看到長老們浮映在臉上的尷尬笑容，便知道這一招果然見效。可是，牠也看到大澤安靜而沉思不語的模樣。紫紅還特別過去向大澤致意。

紫紅對大澤真的已經釋懷了。在米谷森林裡，大概除了牠以外，任何豆鼠都難以從大澤一成不變的表情找到任何線索。紫紅一直認為，大澤日光如豆，充滿自私的思維。這種自私也非為個己謀利，而是一種小圈圈的保守觀念，不希望和其他地區往來，只顧照顧自己的家園。這也是牠會擅自決定綁架、驅逐大森林豆鼠之故。

不過，紫紅也深知，如果要整個米谷的豆鼠信服牠的計畫，最終還是要先通過長老們的信任，而受到多數豆鼠愛戴的大澤，無論如何是要做朋友的，絕對不能成為敵對的一方。牠相信自己也能對大澤坦然以對。何況大澤會暗自策劃綁架之事，畢竟也是為整體米谷的未來而著想。再說，大澤已經為綁架之事，付出不名譽的代價。

一路進來，紫紅也發現豆鼠們對大澤產生了不信與不安。大澤在米谷的統治地位已經受到動搖。當然，紫紅可不是要回來搶牠的位置。一個小小的米谷，牠根本看不在眼裡。

青林特別把綠皮再帶到會議場邊，因為大澤覺得這場會議，如果牠在場，或許能幫忙解釋一些事。綠皮一進去後，赫然嚇了一跳。天啊！站在紫紅身後的兩名魁梧的士兵裡，一位竟是紅毛。另一位牠不認識的，正是北方軍隊最英勇的壯士火熊。

紅毛怎麼會成為紫紅的侍衛呢？綠皮既吃驚又困惑。紅毛看到綠皮也愣住，沒想到同伴竟然還活著，可是礙於場面，只好壓抑住自己的欣喜。

會議沒有什麼要特別討論的，全部是來聆聽紫紅將軍為何甘冒不韙，將整個軍隊帶回米谷。全場二三十對眼睛都在等紫紅解釋。

紫紅深知大家要的是什麼，也不客套了，隨即開始侃侃而談，解釋牠率軍隊回來的理由。

「在座的各位長老和朋友們，從小都聽過祖先們早年的奮鬥故事。相信每隻豆鼠也都清楚知道，遠在米谷還只是一片草原，我們的祖先來到這裡，選擇它做為重建家園的地方，辛苦造林栽植大量扁豆時，由於缺乏濃密森林的保護，祖先們經常受到大鷲們的肆虐、白狐們的侵擾。許多優秀的豆鼠都是在這兩種天敵的橫行下，死於非命。後來，林木慢慢長大成林，白狐和大鷲才因無法適應，而漸漸離去。

「然而，我們也清楚知道，這種驅離是暫時性的，白狐和大鵟還是環繞在森林四周，豆鼠們依舊無法安然出林。迄今，我們甚至繼續擔心著，有朝一日，萬一白狐或大鵟也學會了在森林覓食的方式時，將是豆鼠們的末日。

「我一直認為自己是幸運的一代，從小就有森林保護。可是，縱使這樣，我成長的過程裡，還是無時不刻憂慮著白狐的入侵、大鵟的從天而降。相信抱持這樣想法的豆鼠也不在少數。那種隨時會意外死亡的陰影，幾乎在每一隻小豆鼠出生時，就已深植牠的腦海裡，彷彿一塊胎記般，除之不去。沒有森林的保護，就沒有豆鼠敢貿然離開。比森林更加廣闊不知多少倍的荒原，我們卻全讓給白狐和大鵟橫行。

「在座的長老們，多數都是看著我長大的，大家也都知道，我從小就展現強烈的企圖心。但我為何會如此？那是因為白狐和大鵟們繼續在我們的森林邊緣生活，繼續威脅著我們的安全。我從小就立志，將來長大絕不讓我的下一代遭到這樣的威脅，我不想讓牠們從小出生，一聽到白狐或者大鵟時，就躲到地洞裡打哆嗦。我希望牠們是在一個無憂無慮的環境長大。我將這種旺盛的挑戰意志，轉化為發明新型武器的努力。希望有那麼一天，豆鼠們也能安心，有信心地走出森林，和這兩大天敵一較長短。

「過去幾年來，在這個信念的驅使下，我發明了對抗白狐和大鵟的彈弓和尖刺。雖然這兩項武器都很實用，但老實說，它們還是屬於防禦型的武器，或許能保護我們，卻無法對牠們產生致命的威脅。在採集食物的過程裡，依舊有不少豆鼠不幸遭到牠們的傷害。我們依舊跟過去的祖先一樣，還是對天敵幾乎束手無策。我們只能被動地挨打、防衛，無法展開反擊。所以，我在北方時，除了努力栽植林木外，也特別研究了幾種新型的武器。就如我先前所說，以前的發明都是朝保護而考量。但如今，我改變策略了。

「我特別著重於以攻擊為主的武器。目前，我也將這些新的發明全部一併帶回了。如果待會兒各位長老不棄嫌，我會邀請各位長老到荒原，一起觀賞一個足以打敗白狐和大鵟的武器，一種會飛行的武器。」

紫紅特別把「飛行武器」強調出來。

「飛行武器？」長老們聽到時，果然一陣驚愕！

紫紅看到大家的表情，知道解說策略成功了。於是馬上將自己擅自帶兵回來之事提出。

「我也要請長老們原諒我，在未收到命令前，就不請自回，而且私自指揮所有軍隊結集於北邊的入口。這是有情不得已的苦衷。如果這件事還要請示長老們，我非常擔心事情可能已經演變到來不及的情況。

「什麼原因呢？那就是白狐們已經開始試著過更多隻一起行動的生活，而不是三四隻一起出沒。有些甚至試著進入森林生活找尋食物。在過去幾個月裡，我們屯駐北方的軍隊，就不斷地遭受到白狐們非常猛烈的攻擊，死傷無數。而這些攻擊都是出現在意想不到的地方。

「最近的例子是一位領隊大華，率隊到高原採集時，竟然遭到十來隻白狐一起圍攻。入林過夜時，白狐居然也敢在夜晚摸進森林邊緣。各位想想看，假如有一天，白狐們也適應了森林的生活方式，進入了米谷。這會是多麼可怕的事啊！身為保衛者的我們，又如何對所有豆鼠交代呢？

「而最近，各位也都知道，遠從東方來了三位客人。牠們的到來明顯地透露，我們在百年前就斷了音訊的，祖先曾居住過的地方，仍然有一片美麗的家園，它還完整地保存著，當年那一片森林跟我們是相連的。但是目前卻遇到了極大的生存危機，急待外來的援救。」

這時會場裡卻傳出了一陣鼾聲，紫紅不得不暫停敘述。長老們把眼光全都掃向發聲的位置，赫然發現是那隻大森林來的豆鼠綠皮正在打盹。青林急忙用腳踢綠皮，牠才驀然清醒，似乎還不知發生了什麼事。紫紅看到後，未加理睬，繼續牠的報告。

「各位，我們從小就被教訓，身為一隻豆鼠，牠要懂得什麼？

「牠要愛家，要懂得惜福，珍惜森林的每一方土；更要清楚瞭解自己是從哪裡來的，無論牠繁衍多少子孫，無論牠如何遠行，牠總是要回到那裡。這就是豆鼠生命的意義。米谷西端森林的大石碑，清晰地刻畫著祖先的偉業。而我們一直完整地保護大石碑，究竟是為了什麼？就是要時時刻刻提醒每一代的豆鼠，有朝一日，我們也能夠回到祖先生長的地方，重新恢復祖先的光榮。

「如今大森林有難，我們更是義不容辭。再加上我提到的白狐生活形態的改變，如果我們不加快腳步，盡早想出對策，不要說大森林，恐怕米谷都有危機。而我也相信，這個危機絕不是米谷單方面的問題，而是一起的。只是解決米谷的問題，而不解決大森林，這個危機還是會存在。假如大森林的豆鼠被白狐消滅了，下一個目標就是米谷。

「所以，我在這兒大膽地懇請各位長老接受我的請求，在白狐還未完全適應森林以前，調動米谷的所有兵力，前往大森林援救那兒的豆鼠。我們應該傾力將米谷的武器和栽植技術，傳授給那一群數量比我們龐大好幾十倍的豆鼠族群，盡速改善大森林惡化的環境，屆時我們就可以結合在一起，將兩邊的森林都大大拓展，恢復豆鼠昔時的榮光。把白狐和大鵟們驅趕至遠方，讓牠們消失，讓以後的子孫再也見不到這兩種天敵。」

貳拾壹

紫紅將軍講完後，逕自回到座位休息，會場頓時鴉雀無聲。牠環顧四周，長老們很顯然都被牠這一席話震懾住了。可當牠把目光轉到大澤身上，大澤已緩緩站起身來。

大澤不急不徐地說，「我想提出一個不同的看法。或許，在發生綁架一事之後，我並不是最適合在這個位置上提出意見的。同時，這個意見相對於前面的危機情境，又是那麼的微不足道。但無論如何，我還是要試著提出來供大家參考，長老們也可以進而更清楚地瞭解，當初我為何要偷偷命令青林執行綁架的原因。

「這幾年來，我一直在思考，我們或許不應該每次都要擁有一些大而重的意念，讓每一代的豆鼠都要背負這個使命，而無法正常的生活。就像我們在米谷已經能很簡單而

快樂的生活了，為何還要去開拓北方一樣。對不起！又回到以前爭執的老問題了。

「是的，我對紫紅將軍提出的見解深感欽佩，也覺得相當具有遠見。一隻任重道遠的豆鼠都該有這種對未來的懷憂。但我並不以為那是最好的方向。紫紅將軍所提出的問題，基本上仍陷在豆鼠歷史宿命的輪迴裡。重複著製造一個豆鼠們過去無法逃避的命運，不管豆鼠們再發明任何的武器，都不是最終之道。

「我也懷疑，當我們發明新的對抗武器時，對方難道不會發展出新的還擊方式？就像我們開始使用尖刺和彈弓以後，白狐和大鵟遇見我們時，明顯變得更加凶殘。

「在此，我也想質疑一個不變的問題。為什麼一定要回到過去的森林呢？難道我們不能就此放棄這種回到老家的傳統觀念？難道在米谷，堅守著這個小地方，就無法自足而快樂的生活嗎？為了這個回鄉，我們將耗費多少生命和時間？還有，各位有把握一定到得了嗎？

「各位想想看，自從在米谷以後，我們有遭遇過任何重大的危機嗎？我們會擔憂未來的生活嗎？沒有！我們只有在今天，在這個時候，當我們聽到紫紅將軍帶來的，還不是很準確、可靠的白狐群訊息下，才覺得外面的世界好像有了巨大的變化。」

大澤說到一半，似乎有所顧慮，遲疑了一陣，才繼續說道：「我個人很佩服紫紅將軍的軍事才能，但牠明顯地犯了疏離的病症。牠像一名長期在邊地的豆鼠，不知米谷的目前狀況，反而過度憂慮、誇大了事情的嚴重。所謂白狐入林，我相信只是個案，也許只是一隻白狐母親帶著三四隻小狐出來遊玩。這件事，列席在旁來自大森林的綠皮剛好就可以做為見證。至於大華隊長一行遇到白狐群的圍攻、夜襲，可能也只是一群流浪的白狐所為，不該以偏概全。我並不是故意和紫紅做對，或者有任何企圖，但我真的以為，紫紅將軍正在製造一種恐怖氣氛，將我們帶向一個重大的危險情境裡。

「說到此，各位，也請你們看看紫紅將軍背後的兩位武士，左邊是我們米谷的豆鼠火熊，右邊的來自大森林的豆鼠，叫紅毛。我們高原豆鼠就像火熊一樣，都是勻稱的體型，而來自大森林的，就明顯地過度肥胖。這個告訴我們什麼訊息呢？這表示，我們已不是同一個族群，我們已各自發展出不同的生活習性，譬如牠們專吃扁豆，我們卻吃扁豆和其他植物的根莖葉。沒錯，我們的確是來自大森林，但是經過百年來的變遷，已經是兩種明顯的不同實體的文化。不論生活價值、飲食習慣……什麼都不一樣了。試問各位，這種情況下，我們談什麼解救、結合在一起？這樣除了強迫彼此要去適應對方的生活習性，又有什麼好處？況且，我們有沒有問過大森林的豆鼠們，願不願意跟我們在一起？各位，我們現在談的這個回鄉的問題，還只是一方的熱度而已。萬一我們派兵到對方的領域時，牠們卻不願意接受呢？」

大澤借力使力，精采地以紅毛和火熊為例，說的雖然沒有紫紅將軍的冠冕堂皇，卻句句針對紫紅的問題，提出了強而有力的反駁，尤其是最後的反問，更是讓許多長老紛紛點頭稱是。

紫紅將軍聽到最後一句話時，一股怒氣升起，正待再站起說話時，身後的紅毛突然跳出來，大聲說道，「對不起，恕我在這兒大放厥詞。大澤最後講錯了，我以大森林派出來的代表向各位保證，我們大森林絕對歡迎高原豆鼠的到來，讓我們結合在一起，一起努力來打敗白狐和大鵟吧！」

「紅毛！這是什麼地方？容不得你放肆。」青林站出來大喝道。

紅毛聽了更加憤怒，正待反駁。紫紅已起身阻止，示意牠退回。

大澤轉頭看綠皮，低聲問道：「你也是大森林的代表，你認為呢？」

綠皮搔頭，有點為難，因為牠的位階比紅毛低，要對這麼重要的意見表示看法，讓牠頗感為難。所幸，紫紅又說話了。

「各位不論你們如何決定，我都不會有任何異議，假如你們覺得我的意見太荒謬不可行，或者過於冒險了，不予贊同。我馬上遞交兵權，同時下令將新發明的武器全部焚毀，由長老

決定新的帶兵官，把軍隊帶回北方繼續屯田。我自己會選擇放逐的命運，離開米谷。」

紫紅終於使出殺手鐧，講重話了。但大家以為牠會直接說出威脅的詭辯之話，不料竟以退為進。

長老們都嚇了一跳，不知如何是好。大竹急忙挺身出來打圓場，「我剛剛和大智長老交換了一下意見，這個問題茲事體大，關係到米谷的未來，現在馬上要我們在十幾分鐘的時間內就拍板定奪，實在太草率了。我們也贊同紫紅將軍所說的時間緊迫，但我們還是要用心再思考一陣，是否能夠黃昏時再來做最後的決定呢？」

紫紅表示沒有意見。其他長老自然不用說了。於是會議裁決傍晚再重新討論，決定是否要接受紫紅的提案。

會議暫時告一段落，紫紅將軍馬上邀請長老們在會議重啟之前，不妨到荒原觀看軍隊們演練飛行武器。長老們覺得要做這個決定，原本就跟這個飛行武器有重要的關係，遂答應了。大澤卻不想去，牠覺得這是紫紅用來遊說長老們的方法。可是，眼看大部分長老們都要前往荒原，牠也不得不跟隨前往。畢竟飛行武器是什麼東西，為何能夠主動攻擊大鵟和白狐，牠也相當好奇。

貳拾貳

趁眾豆鼠們準備前往荒原時，綠皮急忙走到紅毛旁邊，偷偷地拉住牠，憂心地問道，「你怎麼會變成紫紅的隨身侍衛，受牠利用？」

「什麼受到牠利用？不要亂講。」紅毛很不高興，轉而冷然反問，「你是怎麼抵達這兒的？」

「可是，牠明明是在威脅整個米谷，甚至我們的森林都要遭受波及。」綠皮急著想透過紅毛知道紫紅的企圖。自己的事，牠倒不覺得那麼重要。

紅毛板起臉，厲聲道，「你不要亂講，不然，我就對你不客氣了。你顯然是受到大

澤那個陰謀者的影響。請記住，你是大森林的豆鼠，不是米谷的，剛才你的表現很糟糕，不要逼我回去向大森林的長老告你一狀。」

「我是大森林的豆鼠，抑或是米谷的，有什麼關係呢？」綠皮很不以為然，但被紅毛這一訓，牠也愣住了，快然退到一角。久未見面，紅毛顯然改變許多，到底牠在北邊遇到什麼事呢？還有菊子呢？綠皮更加憂心，顧不得紅毛在生氣，又趨前盤問菊子的下落。

紅毛很不耐煩地告訴牠，菊子和軍隊在林子邊緣等候。說完，揚手一擺，就快步趕上往荒原出發的高原豆鼠裡。

綠皮不知如何是好，大澤和青林正巧走來，準備到荒原。於是，三隻豆鼠繼續談到早上的辯論。大澤分析，紫紅用了一種置之死地而後生的戰術，試圖逼迫長老們投票贊成牠的意見。這是牠最厲害的一招。長老們如果不同意，牠相信紫紅真的會隱退，但牠的隱退會導致軍隊的暴動，沒有豆鼠帶得動。這一狀態下，長老們又必須請紫紅出來才能穩定軍心。長老們絕不願看到這種場面。何況紫紅的說法是那樣動人而無私，表面看來完全是站在豆鼠未來的幸福著想。

「那我們該怎麼辦？」綠皮才開口問青林，自己便愣住，為什麼用了「我們」這兩個字？

正如紅毛的譏諷，牠已經整個站在大澤這邊去考慮事情了。牠自己也不知道為何如此，牠只是直覺，大澤是對的，紫紅將軍說得雖有理，但白狐消滅得了嗎？當牠在溪邊草原看到白狐母親帶著小狐在嬉戲時，牠就覺得每種動物都有牠們不為人知的和善一面，牠們會殺害豆鼠，顯然也是為了生活。如果消滅了白狐，豆鼠們難道就能無憂無慮地生活？白狐、大鵟在荒原，豆鼠在森林，多半時候相安無事，不正是這個世界應該出現的平衡狀態嗎？是的！牠認同大澤這種說法。

所以，綠皮最後的定論是，高原豆鼠留在米谷是對的，就像大森林的豆鼠也不應該出來，而牠們只要帶著技術回去傳授就好，大森林也能輕鬆獲救，不需如此勞師動眾。

綠皮聽到紫紅在會議上提到放逐，因而也趁機追問青林，「過去有豆鼠被放逐嗎？」

「嗯！以前有一隻叫灰光的豆鼠，一直反對紫紅將軍的拓荒政策。牠暗地裡策反紫紅，卻被其他豆鼠發現。長老們開會，決定將牠放逐。當時有一群豆鼠跟著牠出去流亡，直到現在都未曾回來。幾年前，據說牠們企圖回來，但是被紫紅將軍阻止了，後來就沒消沒息，很可能都被大鵟或白狐吃光了。牠們的想法和大澤比較接近，不！應該說是比較激進的。牠們一直希望好好經營米谷，不要和外界接觸。接觸只會引來可怕的災難。那灰光以前還是長老之一，如果牠還在，你們不只是被綁架。恐怕，早已經被丟到高原被白狐吃掉了。」

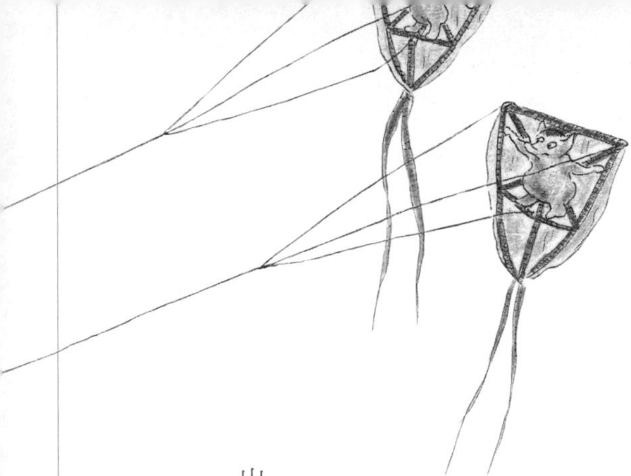

貳拾參

若不是親眼看見，誰相信豆鼠也能飛呢？

北方來的豆鼠軍隊們獲悉命令後，已經將十隻布鳶放到天空，排成一列，迎接長老們的到來。長老們自然被眼前天空的景象所震懾。包括大澤和綠皮等豆鼠，不禁都搖頭讚歎紫紅將軍的才能。

緊接著，十隻布鳶的側面，有二三十隻豆鼠操縱的小布鳶飛出。指揮的缺耳在長老們旁邊解釋，小布鳶代表著大鷲來攻擊。

這時，架著十隻布鳶的豆鼠們紛紛轉向，正對著小布鳶，

並取出彈弓，向小布鳶射擊。每隻小布鳶都被擊中，有的還被打穿。

採收車也成排出籠了。總共有十架新的採收車排成橫隊，向遠方一群佯裝白狐群的草堆展開攻擊。採收車發射出一連串石塊，紛紛猛力地擊到遠方的草堆上，把草堆打得七零八落。

眾長老驚訝於飛行武器之餘，再看到採收車上的石塊能飛得如此之遠，不禁對紫紅的才能更加肯定。顯然的，這種肯定也有清楚的移情作用，長老們對紫紅早上的意見無疑有了較大的認同。畢竟牠已經做出了劃時代的創舉，沒有豆鼠會再質疑牠為何私自帶兵回來了。連大澤看到飛行武器時，就知道傍晚的會議已經提前有了答案。

綠皮趁著長老們觀賞武器表演時，進入豆鼠的營地裡去找菊子，沒多久便找到牠了。當牠看到菊子劈頭就問，「紅毛怎麼了？」

菊子只是苦笑，要綠皮鎮靜下來。菊子偷偷和綠皮研判，整個情勢已經不是大澤或任何豆鼠所能轉變，也不是牠們三隻豆鼠將來要如何回大森林的問題。現在是，可能將有大批高原豆鼠和牠們一起回去。

菊子並不擔心紅毛變節，不，應該說是已經不在意一隻豆鼠的立場。牠現在有更大更重要的煩惱。大森林的危機已經迫在眉睫！高原豆鼠如果前往大森林，不一定對大森林有利。自己的族群雖然數量多，但武器在高原豆鼠身上，將來大森林的豆鼠一定會成為弱勢的一群，遭到高原豆鼠們的統治。怎麼辦呢？除非能在高原豆鼠的軍隊開拔前，先一步趕回大森林去，讓大森林的豆鼠們知道情況，設法阻止高原豆鼠的到來。

綠皮覺得菊子的分析頗有道理，但光憑牠們兩隻豆鼠如何回去呢？菊子未免太天真了？

看完飛行操練，傍晚的會議果然是一面倒地傾向紫紅將軍。起初雖還有一些零星的質疑，比方如何帶兵前往，路線是哪一條，這些在紫紅辯才無礙下，都被圓滿地答覆了。牠還提出如何布陣，主動攻擊白狐和大鵟的想法。

儘管大澤心中仍多所疑慮，但投票前牠的立場不容多言，此外也沒有長老提出更強力的反對意見。投票的結果，果然一如大澤預期，紫紅派兵前往大森林，進而攻擊白狐、大鵟的建議獲得通過。長老們授權牠，此後有絕對的權力指揮所有米谷的豆鼠，進行前往大森林的遠征。

儘管最後通過了，大澤終究還是舉手，在長老面前提出了一個實際的重要問題，「大森林豆鼠真的會接受我們的到來嗎？」

投票都已經結束了，大澤還如此找麻煩，紅毛和火熊一行聽到了，都覺得大澤分明

是故意刁難。紫紅將軍卻不以為意，如何擊敗大鵟和白狐這是牠帶兵的問題，自然無大澤置喙的餘地，但大澤最後提出的問題，相信是許多長老心中的疑惑。紫紅環顧長老們，大家果然也都渴望牠講清楚。

「我有一個絕對可以說服牠們的方法。」牠緩緩地開口，「我決定把大石碑運到大森林去。」

畢竟大森林的豆鼠並非每一隻都像紅毛一樣。當第一次接觸到菊子時，紫紅便知道，在大森林像菊子這樣的豆鼠恐怕會比紅毛還多吧？要讓菊子這一類豆鼠心服口服，是要有非常的手段的。紫紅才會提出這一個大膽的建議。

運送大石碑！長老們聽到時，每一個都驚得站起身來。那麼大而笨重的石碑，怎麼運送呢？

可那紫紅將軍一句話就把牠們又壓住了，「大石碑以前也是從高原運過來的，當年能運，今天有更好的技術，運送更不成問題。」

紫紅的構想裡，除了在北方屯駐的豆鼠士兵做為主要的作戰部隊外，牠希望原先在米谷的軍隊全力支援，運補扁豆等食物。同時，還得肩負大石碑的運送。牠希望這些事能由青林來負責督飭。

不過，這件事連先前支持紫紅的大光長老也都感到憂疑，當時運送只是一點路程。現在可是要橫越高原，又要作戰。那可是長達一個星期多的路程。

長老們再想到那高原險峻的峭壁，不免心驚。但紫紅顯然已經準備允當，又展示了一張先前準備好的長圖，由紅毛和火熊攤開。那是一輛非常大型的木柴車，裝置了四對大石輪，足以承載和運送大石碑。前面則由一群豆鼠拉車。屆時大石碑會用藤繩牢牢綁在車上。

在長老們憂心的高原崖壁，紫紅也設計了一種大型的滑輪，可以將大石碑慢慢地垂放到山腳。紫紅還特別在木柴車旁畫了好幾隻布鳶和採收車，表示木柴車下高原時，旁邊一定有布鳶隨旁監視，避免大鷲或白狐的突襲。

「可是，把一個大石碑運到大森林。對方就會因為這樣一個古老的大石碑，接受和高原豆鼠一起生活？」大澤繼續提出疑慮。

紫紅大笑，再跟長老們分析，「我們帶了解救牠們森林危機的技術和武器，同時將牠們失落的祖先寶物，千里迢迢送回去。這樣先進的技術，牠們一定會驚歎的。如果拒絕，那麼我們也只有將技術和武器全部撤回了，讓牠們的森林自生自滅，絕不加以干擾。你想事情會這麼糟糕嗎？」

「萬一，牠們真的拒絕呢？這點還是要考慮進去的。我們總不可能一次遠行，帶著來回的食物。」

這樣的可能性雖然微乎其微，但是紫紅率領的可是整個米谷的大軍時，就不得不仔細想妥每一個步驟。何況大澤已經提出問題，就必須回答。

紫紅陷入了沉思，隱隱感覺大澤果然思考縝密，自己竟未思及此一可能的狀態。再者，紫紅口頭雖說撤回，但牠明白，如果事情真如大澤所云，那恐怕就要和大森林的豆鼠做一次決戰，這樣就未免太悲哀了。

長老們都在等待紫紅回答時，紅毛卻從紫紅旁邊衝出來，「各位長老，不會的，我們大森林的豆鼠從來沒有聽說過戰爭，也不會合力去對付外來的豆鼠，我們是愛好和平的。大森林派我們出來，主要的目的就是希望我們找到傳說中的『歌地』，為大森林找到出路。我們的森林正在面臨滅亡的危機，歡迎你們都來不及了，怎麼可能拒絕呢？這也是我今天會站在這裡的原因。希望你們快一點來，一起來保護大森林。我相信屆時許多我的同伴，也都希望和高原豆鼠共同建立一個廣闊的、永遠看不到白狐和大鵟的世界。」

紫紅相當感激紅毛挺身幫牠解釋，解決了牠難以作答的困窘。紅毛意猶未盡，眼看沒有長老阻止，牠指著大澤怒氣沖天地說，「而你，當我們第一次遇到你，表達我們的

來意時，你口頭說歡迎，卻暗地裡派人綁架我們，深怕我們和其他豆鼠聯絡上。」

紅毛這一指責，又把先前長老們盡量避開的綁架之事掀到檯面。紫紅雖覺得紅毛這樣做不妥，暗地卻很高興把矛頭又對準到大澤的品德。

大澤再度尷尬起來，轉身看了一下綠皮，希望牠也出來講話，妙的是，綠皮竟在這個重要關頭又打起盹來。大澤不得不苦笑。知道擋不了了，遂仰天長嘆，「時也！命也！罷了！」

貳拾肆

橫越大荒漠，
重建豆鼠國。

這是高原豆鼠最近流行的口號。在紫紅將軍和長老們的號召下，整個米谷開始動員起來，準備迎接這個大時代的來臨，到處都有豆鼠忙上忙下。

為了製造一輛可以裝運大石碑的木柴車，還有許許多多的運糧車、採收車，以及各種武器，許多大樹都被砍伐。為了製造各類用途的藤繩，許多扁豆的樹藤也被割斷。沒有一隻豆鼠不是在為前往大森林而準備、忙碌。只有一隻豆鼠是例外。

牠就是大澤。每天牠自家門探出頭，冷漠地看幾眼，又埋首於自己的研究和地圖繪製當中。牠已沒有勇氣走出家門，走到各地去觀看米谷現在的狀況。想到自己努力保護、經營的森林，正在被豆鼠士兵大肆砍伐，牠不得不懷疑，自己多年的努力到底意義何在？現在，也沒有什麼訪客到來，偶爾只有青林和綠皮去看牠了。

青林變成綠皮經常求教、探詢事情的朋友。不過，青林並未閒著。紫紅將軍明明知道牠是大澤的愛將，卻百分百信賴地將大石碑這等大事交給牠督運，不僅讓牠深受感動，也充滿榮光。

紫紅將軍這一招相當厲害，一來拉攏了大澤的主要屬下，二則讓青林感覺自己受到重視。青林一忙，綠皮也跟著到處走逛，學了不少事物，對高原豆鼠們的習性也更為熟悉。有時，綠皮摸自己的肚腹，突然發覺肚皮瘦了許多，也不知是扁豆吃得少，還是日子太忙碌，反正自己愈來愈像一隻高原豆鼠了。

有一天，青林和綠皮再去拜訪大澤，才一進門，就聽到大澤的嘆氣聲。大澤顯然知道牠們到來，故意大聲地自言自語，「唉，一次出征，砍伐的樹木竟然這麼多！森林經過一次的破壞，卻要經過好幾世代的努力才能恢復舊觀。」

兩隻豆鼠面面相覷，不便說什麼，愣在門口不敢進入。

「進來吧！」大澤在裡面叫道。

進去後，牠們還是不知如何開口。

「最近，紫紅又有宣布什麼嗎？」大澤問道。

「紫紅將軍說，為了將來更長遠的和平與快樂的生活，砍伐樹林是必須忍耐的。北方回來的士兵們也到處宣傳，前往大森林的好處，截至目前，豆鼠們並沒有多少抱怨的聲音。」青林吞吞吐吐地報告近來情況。

「以後就會抱怨了。」大澤似乎有點在說氣話，但隨即冷靜下來。「現在有沒有決定多少隻豆鼠要前往，又有多少豆鼠願意留下？」

「留下的可能不多，多半是老年和殘弱的病患。」青林低聲說道。

大澤聽了，許久不語，喟然嘆道，「豆鼠們知道我也要留下來嗎？」

青林點頭，又急忙解釋道，「紫紅將軍一直在灌輸一種精神教育，讓不願意去的豆鼠懷有愧疚感。」

「你指揮大石碑的搬運工作還順利嗎？」

青林點點頭，不敢再多說什麼，也無法揣測大澤到底在想什麼。

「你也會一路跟到大森林嗎？」大澤再問道。

「我？」青林有點尷尬，「綠皮希望我跟牠去大森林，見識一下新的世界。我覺得這是一個難得的機會。所以，哦，不過，如果您希望我留下來，我一定放棄這個機會，我會跟紫紅將軍溝通，只把大石碑安全運送到高原下。」

「不用了。」大澤轉身背著牠，搖搖手，「出去看看也好！應該會有新的收穫！」

這下氣氛變得尷尬極了，青林和綠皮更不知如何對話。現在外面都謠傳，大澤想要陷害紫紅將軍，被紫紅將軍識破。紫紅將軍卻未對大澤懷恨，反而禮讓大澤。還有一種說法更加惡毒，大概是說大澤為了爭取權位，結果被長老們揭發，邀請紫紅將軍率軍隊回來掌權。曾經受豆鼠們愛戴的大澤，現在已經是豆鼠們輕視、揶揄的對象，除了一些上了年紀的豆鼠，還對牠保持良好印象外，年輕的豆鼠似乎都忘了牠是維護米谷森林，帶來美好生活的大功臣。

關於這些謠傳，紫紅將軍早先也知道了。牠覺得並不是很好，還特別前來拜訪大澤好幾回，希望米谷的豆鼠們瞭解牠們仍是相當好的朋友。未料，竟適得其反，豆鼠們更加感受到紫紅將軍的寬厚。也或許，這是紫紅故意做出的動作，讓豆鼠們對紫紅的不計前嫌更添好感，但到底真相為何，恐怕也只有紫紅自己曉得。

綠皮和青林正要離開時，紫紅將軍又來拜訪了。紫紅這回是來向大澤請教。牠雖然有十足的信心，自己的軍隊一定能擊敗敵人，但對於運送糧食之事，始終想不出妥善的方法。這麼長的路程，食物如何保存和獲得呢？這方面的事只有大澤才能幫牠解決。

紫紅和大澤在屋內密談時，青林和綠皮退出，正好遇到陪著紫紅到來的紅毛。

最近牠們也很少接觸。隨著北方的士兵入林以後，紅毛似乎也很忙，經常陪著紫紅將軍到處巡視。而菊子雖然搬入林內，和綠皮住在一起了，但舉止變得異常詭祕，經常不見蹤影，不知去了哪裡。

「最近都在忙些什麼？」綠皮問道。

「你明知故問？除了回大森林的事，還能忙什麼。」紅毛冷眼瞧牠，覺得綠皮問的話很奇怪，彷彿刻意尋找話題，「你看來瘦了不少，差一點認不出來了。菊子呢？怎麼沒有跟你們在一起？」

「不知道，牠最近到處跑，都很晚才回來。我常碰不到。」綠皮轉而問道，「馬上要回家了，有沒有什麼感受？」

「學了很多東西，將來回到大森林應該可以有許多貢獻。」

「假如高原豆鼠去了大森林，將來大森林是由高原豆鼠統治，你怎麼辨呢？」

「那時再說吧，反正都是豆鼠，應該不會有什麼問題？」紅毛覺得綠皮憂慮的，都是芝麻蒜皮之事，根本不需這時來擔心。牠現在和紫紅將軍都在煩惱，如何安全地護送大石碑，以及引誘白狐到高原，和牠們進行殊死戰，還有如何跟大鵟進行最後的決鬥。

「那些布鳶真的能擊敗大鵟嗎？」綠皮再問道。

紅毛一如所有北方的豆鼠士兵，信心十足，「我飛過，而且射擊過，絕對沒問題，我們一定能擊敗大鵟和白狐。」對於差點喪命之經歷，紅毛全然不以為意。

「飛行的感覺如何？」綠皮好奇繼續追問。

「很好啊！但心裡必須要有一種雄心壯志，這樣飛行才會變得有意義起來。如果沒有這份心意，飛行是毫無價值的！」紅毛自以為是地解釋，「像你這樣三心二意的豆鼠，就相當不適合當飛行員。」

「為什麼要當紫紅將軍的衛士呢？」綠皮忍不住，還是問到老話題了。

紅毛不高興了，「你可能不知，要當紫紅將軍的衛士，並不是那麼簡單的事。你必須有高超的智慧和無畏的勇氣，以及強健的體魄。」紅毛故意用最後一句話，刺激綠皮。

綠皮苦笑道，「這是我一輩子都當不了的事了！能當上探險隊員，已經是我生命最大的極限。」

「我在北方時，有一次掉落到崖壁，是紫紅將軍下令徹夜搜索，才把我從死亡邊緣救回來的。不然我這條命早就沒有了。今天能當上牠的衛士，是我的光榮，我會為紫紅將軍做一切牠想完成的事。」紅毛斬釘截鐵地說。

「如果在紫紅和大森林之間要你選擇，你會選擇哪一個？」

「它們是一體的。我一定會帶將軍回到大森林，將軍一直告訴我，那兒就是牠的原鄉，要死也要回到祖先的家園倒地。」

綠皮隱然感受，紅毛對這位霸氣十足的將軍有著強烈的崇拜。決定前往大森林後，紫紅又開始披著黑色斗篷，四處巡視。綠皮雖然沒有真正和這位將軍直接接觸，但光是看牠的打扮，綠皮更加確信紫紅是一隻野心勃勃的豆鼠。就像大澤的隱憂，紫紅最大的興趣，必然是把整個豆鼠世界統一在牠的領導下。但這個事，牠現在不便和紅毛爭辯了，免得彼此又鬧翻臉。如今在青林面前，牠也不敢多說紫紅什麼了。

貳拾伍

終於，運送大石碑的木柴車建好了。這輛估計可坐上一百隻豆鼠的木柴車，少說用了二十株大樹。隔天清晨，豆鼠們決定把大石碑弄倒，橫放到木柴車裡去。入車前夜，紫紅將軍還親自來巡視。

青林自是不敢怠慢，大清早便催促綠皮一起趕到現場去監督了。

牠們趕到時，大石碑才開挖。為了將大石碑安穩地放倒，豆鼠們必須先用藤繩綁妥大石碑，另一端再綁住附近的樹木，始能小心而妥當地將大石碑四周的泥土挖清。接著，再清理大石碑周遭的石塊地基，一塊一塊小心地運走。

地基挖到一半時，綠皮隨著青林在四周檢視，突然發現某一角落的土裡露出一些白色的骨頭，「你看這是什麼東西？」

「大概是大鷲或白狐吃掉的獵物骨頭吧？」青林研判。

「不，是豆鼠的！」綠皮翻開泥土，找到了更多。「奇怪，這兒怎麼有那麼多骨頭？白狐不可能一次捕獲那麼多。再說，如果是豆鼠的，被白狐吃掉的話，應該會到處四散啊！為什麼這些都是完整的呢？」

「也許是餓死的？」青林蹲下來檢視。

「怎麼可能集體餓死在一個位置上？」綠皮不以為然，「你看，那邊還有一堆。難道當時也有戰爭？」

「不是！是另一個原因！」

牠們聽到背後的聲音，嚇了一跳，同時回頭看，竟是大澤。蟄伏好幾天後，牠終於出來觀看了。無疑的，大澤也非常關心大石碑的開挖，才會一大早便趕來這兒。

「到底為什麼才會集體死去呢？會不會是內戰？」綠皮追問。

「我想是建大石碑的關係。」大澤黯然說道。

「大石碑？」綠皮和青林皆不懂，面面相覷。

「當時要把大石碑建起來時，想必動員了許多豆鼠來搬動。可是這項工程相當耗大，光是挖大坑、埋石，以及把大石碑豎起，就是門大學問。當時又完全沒有經驗，立碑的過程犧牲了不少豆鼠，是可以合理想像的。」

「可是並沒有這樣的傳說或根據啊！」青林懷疑道。

「這種不快的事，誰會讓它流傳呢？我想，當時的統治者一定下令禁止說出。你再仔細檢查，看看這些完整的骨頭很不一樣。第一，它們的骨架平均比高原豆鼠的略粗大，這表示，它可能是大森林跟米谷連結時，那個時代豆鼠的遺骸。第二、有些骨頭還是整片扁平、碎裂的。為何如此？這並非是埋葬太久，而是被石塊壓到造成的結果。」

「照你這麼說，當時為了搭建這座大石碑，可能死去不少豆鼠？」

「很不幸的，恐怕是如此！」大澤點頭。

綠皮聽了沉默不語，如果大澤的推測屬實，這樣不吉祥的遺物，卻要再一次花費很大的力氣，要後代豆鼠把它運往大森林，不是很諷刺嗎？

「現在技術較好，應該不會有危險了。」青林滿懷信心，很顯然牠不盡然認同大澤的說法。或許是因為自己正在執行搬運的任務吧！牠說完後，轉身便要去工作。

大澤叫住牠，「這事我們知道就好，不要傳出去，免得別的豆鼠說我在胡亂造謠。」

青林點頭，轉而又對部屬下令，繼續挖土。趁大夥兒在忙，大澤靜靜地離開了。

綠皮再低頭思忖時，發現地面上的大石碑陰影，彷彿在日出的陽光下慢慢地延伸。再抬頭瞧著，大石碑龐然的姿勢，牠不由得全身打起冷顫。

綠皮倒退了兩三步，轉頭一看，菊子竟也在附近，擠在一些老豆鼠和小豆鼠間，觀看大石碑開挖的情形。而且，正瞧著牠呢！牠遂走過去和牠搭訕。

「你怎麼也跑來了？」綠皮好奇地問道。

「牠們真要把這個東西運到大森林嗎？」菊子一臉怒容，像是全世界都得罪了牠。看到綠皮一臉無辜狀，菊子更加生氣，聲音愈拉愈高，「牠們為什麼不問問我這個大森林來的代表呢？那紫紅算什麼？沒有我們的同意，牠憑什麼帶高原豆鼠去大森林，就憑那一點武器和技術，以為整個大森林就要聽牠的？」

「噓！你講話要小心一點。四周都是高原豆鼠。」綠皮低聲勸阻道。

「怕什麼，我還希望牠們全都知道呢！我是大森林的代表。我代表大森林不歡迎高原豆鼠去我們的家鄉。」菊子對著旁邊觀看的豆鼠喊道。

綠皮急忙把牠往外拉，「菊子，你不要胡鬧了。現在整個局面已經不是我們能控制的，只能走到哪兒算哪兒。」

「哼！誰說的，只要我有一口氣在，牠們就別想得逞！」菊子繼續大吼。

綠皮加大步伐，把菊子帶到僻靜角落，以免牠惹是生非。菊子不知受到什麼刺激，看來有點神經錯亂了，時而仰天長嘆，時而捧腹大笑。

「你笑什麼？」綠皮不解。

「我笑你啊！你不要以為我神經失常。你和紅毛根本搞不清狀況，忘了自己原先的任務。不要忘了，我們是來發現『歌地』。如今我們確實知道有這個地方，早就應該回去報告。可是，你們現在竟在這兒享福，放著大森林豆鼠的死活不管。」

「我們不是要和高原豆鼠回去了嗎？」綠皮一開口，就知道自己說錯話了。

果然那菊子更加憤怒，「跟高原豆鼠回去，老天！你果然中毒了，大森林真是白養你了。如果跟高原豆鼠的軍隊回去，你就是大森林的敵人，甚至到死，永遠會遭到大森林豆鼠的咒罵。」

綠皮有點尷尬，不知如何是好，菊子說得並非全然沒有道理。可是，事情的演變，怎麼可能是牠們一兩隻豆鼠所能掌握得了呢？牠悲觀地想。

「走，跟我來！」菊子下命令。

去到哪裡呢？綠皮雖狐疑，卻不敢不從。牠隨著菊子一路向東，最後竟穿過米谷森林，一直走到森林往高原的橋邊。

「來這裡幹什麼呢？難道你要先回去？」綠皮大驚。

「正是！算你還有腦筋，不像那紅毛，完全不行了。現在，我也只有寄望你。我們之中，只要有一個先回到大森林，報告一路的狀況，同時將我的竹簡交給長老們，就算達成任務了。如此一來，大森林的豆鼠也有機會事先思考高原豆鼠到來的問題。」

「怎麼走呢？你什麼都沒有？」

「哈！哈！我就說你真的是一點危機意識都沒有，我早已經準備了一堆食物和武器，甚至連紫紅重要的武器圖譜，都畫入竹簡。來，我帶你到一個地方。」

菊子說完，便帶牠鑽入小路旁邊，一處隱密的草叢裡。菊子把一堆乾草掀開，裡面赫然是許多新鮮的扁豆、水袋、尖刺和彈弓，還有那卷菊子日夜手繪的竹簡。更讓綠皮驚訝的是，竟然還有塊莖和葉子。

「這玩意兒，我可是不吃的，我是特別為你準備的。」菊子指著塊莖和葉子。

綠皮驚訝地說不出話來，但這麼多東西如何帶走呢？綠皮才想到這個問題。菊子已經跑到另一個角落，掀開了另一處草堆。那兒赫然有一輛小型的木柴車，一隻豆鼠便能輕易拉動，那還是高原豆鼠發明的。

「有運糧車載運食物，晚上前進，白天休息，一定可以安然返家。」菊子很得意。

綠皮不知如何反對。

「走吧！趁高原豆鼠還沒有發現，我們先溜走，趕回大森林去報告。這樣我們便能成為大森林後代尊敬的英雄。我們出來的目的，『歌地』已經發現，況且還帶回武器和副食品。身為探險隊員，還有什麼成就比這個更大的呢？」菊子繼續分析道。

綠皮幾乎被牠說動，原本都要答應了，可一開口講得卻不一樣，「菊子，情勢不由人，你是不是也請仔細考慮，跟大家一起回去吧！」牠很無奈而充滿歉意地看著菊子。

「老天，一起回去？我菊子就算瘋了也知道，什麼對大森林是好的事，什麼是壞的。好！好！綠皮，大森林養你育你，沒想到你竟然如此背叛家園。你真是可恥。罷了，罷了，我自己走！」菊子氣憤地斥責，邊罵邊把食物和武器都放到木柴車上。

「你誤會我的意思了，我想說的是，這條路很危險，光憑你或我不可能走得回去的。我們來的時候，遇到多少危險，又陣亡多少隊友？留下來，再仔細考慮吧！」綠皮哀求道。

「哼！沒用的傢伙，我早料準你不會跟我走，閃到一邊去。」菊子完全不理會綠皮，拉著木柴車便往高原行去。

綠皮急忙擋到牠前面。

菊子看到牠如此，更加憤怒，突地從木柴車裡抽出尖刺，便往綠皮身上刺去。綠皮沒想到菊子出手竟如此快速而且狠心。牠來不及躲閃，那尖刺直接刺入肚腹。

菊子刺到時，才愣住。但眼看綠皮倒下時，還慌忙向牠示意不要離去。牠一看愈加氣憤，隨即把塊莖和葉子抽出，狂亂地丟到牠身上，「把你的這些米谷的爛東西吃掉，省得浪費我的空間。」

綠皮痛苦地倒在地上，捧著輕微流血的肚腹，眼睜睜地望著菊子遠去。牠知道菊子這一去，恐怕凶多吉少。綠皮也只有真心祈禱，希望牠一路上能避開白狐和大鵟，能安抵大森林。雖然那機率微乎其微，但說不定真的就被菊子達成了。菊子消失在林子後，綠皮乾脆橫躺，仰望著天空，茫然地吟誦：

回家的路只有一種顏色
白白的，早已用記憶鋪好

還好有個大肚子！那綠皮摸了一下肚皮，只是有點皮肉之傷，出了點血，並未有什麼大礙。剛才牠刻意倒地不起，若是仍站得挺挺的，不知菊子會不會再補刺一刀？

菊子怎麼那麼鑽牛角尖，變得如此胡思亂想呢？還有紅毛也整個幡然改變，是不是因為到了米谷才如此？會不會自己也走了樣，只是無能力自省？走回大石碑的路上，牠盡是想著這一路上牠們三隻豆鼠的遭遇，以及這些日子以來所爭辯的問題。

綠皮回到大石碑時，那兒正亂哄哄的。一群豆鼠士兵把兩三隻受傷的豆鼠抬上擔架，要送往急救的地方。到底發生了什麼事呢？綠皮嚇了一跳，正想往前探個究竟時，青林鐵青著臉色走過來。

「發生了什麼事？」綠皮追上前問道。

「一條綁大石碑的藤繩，突然斷裂，大石碑搖動了一下，把旁邊工作的豆鼠撞傷了。」

「果然被大澤說中了。」綠皮說。

「你不要亂說！這只是藤繩斷裂而已，再綁上去就可以解決了。不要附會一些沒根據的說法。」青林很不高興地制止綠皮的胡亂臆測。

綠皮可不覺得自己是胡亂說的，那大石碑的代表意義真的如紫紅說的那麼重大嗎？還是只是一個象徵而已？為了搬動這個大石碑，動員這麼多豆鼠，砍伐這麼多大樹，既勞民又傷土，不正具體而微地顯示了紫紅的霸氣和自私嗎？這一切都只是滿足牠個人的野心罷了。還有大澤推斷白骨的來歷，更讓牠心寒。

自從答應和紫紅去大森林以後，青林也變了。上回青林跟大澤說，要去大森林一事是綠皮鼓勵牠的。當時綠皮聽了便愣住，什麼時候自己講過這一句話？牠原本還以為是青林胡亂搪塞的話，現在看來，恐怕有更長遠的意圖。青林努力工作，明顯地都是為了求取表現，討好紫紅將軍。牠已經不是早先那位崇拜大澤的小隊長了。

這時，紫紅將軍也風聞意外，率兵趕來探視情形，並且慰問受傷的豆鼠。牠聆聽青林的報告後，特別囑咐，不要讓受傷的事傳布出去。大石碑的搬移工作繼續展開。沒過多久，大石碑就被懸空。當它被放置到巨大的木柴車上時，豆鼠們發出了歡聲雷動的喝采，到處都有號角響起的慶祝聲。

「你看，我們以為很難的事，還不是解決了。」青林走過來拍拍綠皮的肩膀。

「還有很長的路要走呢！」綠皮不便說什麼，只好心地提醒牠。

貳拾陸

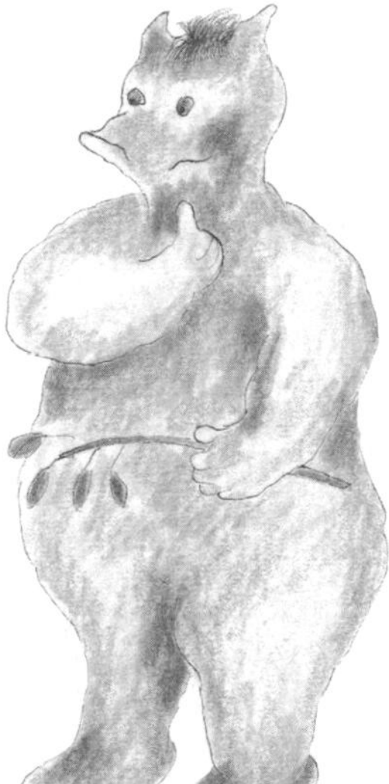

那天下午，在青林督導下，很快將大石碑先運送到米谷前往高原的出口，也就是菊子離去的位置附近。

木柴車經過米谷的林道時，幾乎所有豆鼠都出來觀看，好像在迎接英雄般的歡呼。不過，又發生了一點小小的意外。那座出口的木橋因為承受不住，竟然從中斷裂。所幸，木柴車已經安然跨過去。

當夜，紫紅將軍在青林陪同下，又前往大澤住處拜訪。明天就要出發了，紫紅將軍去拜會大澤做什麼呢？

這點連被拜訪的大澤都感到意外。經過紫紅將軍的解說，牠才明白。原來，紫紅將軍希望，明天的遠征能夠讓豆鼠們覺得這是一樁大家共同參與，期待的大事；高原豆鼠們都團結在一起，連大澤也在行列之中。牠更希望大澤能夠放棄蟄居的想法，隨大軍一起前往大森林。

但大澤還是拒絕了，牠可以改變態度，支持紫紅前往大森林，卻不能放棄自己的理想。大澤還是想在米谷待下來，繼續實驗自足的生活方式。

紫紅生怕傷了大澤的心，謹慎地規勸道，「我們若去了大森林，當大森林強大時，這裡也會成為大森林的一部分，你的自立自足想法，恐怕會變得很不實際。」

「等你去了再說吧！」大澤苦笑道，「你的敵人正在路上等著，你還有得煩惱呢！」

「那麼至少答應一件事吧！」紫紅知道勉強不了了，只好退而求其次。

「什麼事？」

「明天是否可以代表留下來的豆鼠們，至少送我們到高原，提高出征士兵們的士氣。」

大澤沒考慮多少，便點頭了。看到大澤應許，紫紅將軍總算鬆了口氣。其實，牠早已猜測大澤不可能隨隊遠行的，比較擔心的是，若士兵們出發了，也不來送行，總感覺這趟旅行沒有一個好的開始。如果能讓大澤在士兵們出發前發表演說，相信是最好的。現在，大澤答應了，而且送到高原口，事情總算圓滿。

那一夜，牠也在部隊裡召開出發前的帶隊討論。雖然最後還是有了眉目，但爭執的情形讓紫紅幾乎徹夜未眠，第二天出發時，精神狀況並非很好。

原來紫紅將軍召集缺耳、青林、火熊、紅毛和大華等隊長一起討論時，這些部屬之間有了嚴重相左的意見。

在紫紅的心裡，原本已有一個譜。牠的計畫是這樣：由火熊和紅毛當先鋒，一起率領一支輕裝的部隊，只帶著尖刺和彈弓。在大軍之前先行搜尋。接著，由牠親自率領重裝部隊和主要的作戰士兵，採收車、布鳶都隨侍在旁。其次是青林護送大石碑的木柴車，以及大華帶領的運糧部隊。這兩支隊伍都有採收車和布鳶緊跟著護送。最後，缺耳再帶著一支輕裝部隊押後。

最有意義的是，在青林的建議下，牠們也帶了一群黑雲雀幫忙，跟隨豆鼠軍隊做探哨，通知豆鼠們白狐群的突擊。

這種派兵遣將的構想來自青林，紫紅覺得十分可行。但紅毛和缺耳卻極力反對。缺耳認為如果白狐群先攻擊運糧隊，主力部隊可能無法趕回來援救，屆時糧食可能遭到破壞。紅毛順勢建議，倒不如混合成隊，才有可能全面保護，以免顧此失彼。

不過，紫紅還是採用了青林的意見。牠知道，這個意見讓缺耳和紅毛深感疑惑。但牠自有主見，不容牠們再多說。

有時紫紅覺得比較苦惱的，反而是部屬間相處的問題。準備和白狐、大鵟打戰，彷彿比較容易。火熊和紅毛顯然已形成一個派系，而缺耳和大華又是另一派的領導者。青林則掌握了原來米谷的高原豆鼠，同時和長老聯成一線。紫紅看得清楚，也深諳牠們之間的矛盾。當大家都認為火熊是紫紅的接班者，紫紅在回到米谷之前，刻意擢升了缺耳，就是藉以壓制火熊的囂張。現在要遠征了，牠又給予青林調兵的實權，制衡缺耳過分膨大的權力。

火熊的心情最不能平衡了，因為缺耳爬升得太快；要出發了，又有一個外來者青林掌控運糧的實權。紫紅當然知道火熊不快，會議結束時，特別將牠留下來安撫了好一陣。火熊才寬心地回去。

然而，到底誰適合做米谷大軍的第二號指揮官呢？紫紅有時會因這個問題而憂心不已。萬一自己不幸遇難了。誰來接班呢？火熊胸懷大志，但脾氣過於火爆，如果接掌豆鼠軍隊，可能會出現大亂。缺耳有智慧，懂得如何應變，經常有奇招；可是若將位置傳給牠，又覺得牠少了一份雄心壯志，撐不了場面。而青林終究不是自己一手帶大的子弟兵，如果由牠帶領，恐怕北方的豆鼠軍隊不會服從。給牠一個官位，主要也是考慮到能安撫原先在米谷的豆鼠。

當然，只要牠活著，這些問題都不會存在。更何況，現在整個軍隊的實權完整地掌握在牠手中。高原豆鼠也都有很清楚的自覺意識，應該不會為了領導權而爭戰的。

那晚，紫紅將軍也仔細地演練了作戰計畫。這個戰鬥布陣是刻意安排。紫紅希望，隊伍行經高原時，就能吸引大量白狐群的攻擊。屆時白狐一定會對準大石碑，認為是豆鼠的弱點。青林若能挺久一點，讓豆鼠的軍隊做反包圍，牠們將有機會，把所有白狐群一舉殲滅。

另外，下一個最可能激戰的時候，應該是豆鼠下高原時，大鷲極有可能利用這時發動成群的攻擊，因為這是豆鼠最危險的時刻。其實，運送大石碑的目的，有一個好處便在這裡，它會是一個吸引敵害前來的誘餌。不論在高原上，或下高原時，大鷲和白狐群都會以為豆鼠們忙著照顧大石碑，而無法對付牠們。當然，下高原時可能會遭遇的情況，牠也有了萬全的準備。

假如這兩戰都順利成功，豆鼠們下高原後就能一路順暢地前往大森林。路程雖然遠，但糧食準備充裕下，牠們將會有一趟輕鬆而愉快的旅程。紫紅突然幻想起大森林的種種情形，比米谷森林更高大而濃密的樹林，以及更加肥胖的扁豆。還有那數不盡的豆鼠士兵，推著採收車，以及成千上萬的布鳶，飛向蔚藍的天空……

貳拾柒

向大森林出發的日子終於到來。一個明媚的好日子，不管去或不去，所有米谷的豆鼠們，都在前往高原的出口集聚，準備參與這個遠征的典禮。

紫紅將軍帶領的豆鼠大軍，以壯盛的軍容，排成好幾排大方塊陣營，接受長老們的檢閱和祝福。簡單的儀式開始，先由大澤致詞。高原豆鼠們都猜想，如果今天會有豆鼠缺席，一定是大澤。沒想到牠竟然也出現了，豆鼠士兵們都非常興奮。那感覺的確很好，很顯然牠和紫紅將軍是站在同一個陣線上，整個米谷又聯在一塊了。

大澤站到一座隆重布置的木架台上，簡短地致詞，「我們回鄉的路程雖然很遙遠，但是只要每隻豆鼠都有堅決的意志和信念，天上的祖先們一定會保佑各位的。先祝福各位遠征的士兵，都能平安地前往大森林，也都能平安地回來。為了向各位遠征的士兵致以最大的敬意，我將會陪各位走到高原。希望各位在紫紅將軍英明的領導下，為下一代的子孫開創出一片美麗的天地。我會在米谷設宴，等待你們的歸來！」

綠皮站在士兵陣營裡仔細聽著，覺得大澤講得甚好。畢竟一隻豆鼠講出和心裡所想不一樣的話，而且是面對大眾，這可不是牠做得出來的，但這事對大澤顯然一點也不困難。大概要做一個領導者，就得有這種本領吧！綠皮猜想。

最後，紫紅將軍親自訓話了。牠依舊戴著那副琥珀鏡，同時披著那一身黑色的斗篷，精神抖擻地喊道，「敬愛的高原豆鼠們，今天是個風和日麗的好天氣！但今天更是一個偉大而光榮的日子，所有參與這場遠征大會的豆鼠們，都會以參加過這個日子為榮。將來，你們可以對子孫敘說這個偉大的往事。在過去的豆鼠歷史裡，從來沒有這樣的創舉，今天將由我們在座的每一位共同來創造。是的！這是個劃時代的日子。過去的歷史裡沒有一天比今天更重要！」

紫紅愈說愈發激動地舉起雙手大喊。接著，牠突地沉靜下來，環顧四周後，又開口了，「感謝米谷的長老們鼎力支持，信任我，相信我，讓我率領我們米谷最優秀的子弟兵，前往東方的大森林，去解救已經百年未曾謀面的另一支豆鼠同胞。有一天，當我們兩個族群結合在一起，那將是豆鼠力量最強大的時候。我們以最新穎的武器，結合大森林為數龐大的豆鼠群。這種情形下，豆鼠會怕任何動物嗎？」紫紅大聲地問台下的豆鼠士兵。

「不會！」台下士兵們發出如雷貫耳的大吼聲，響徹米谷。

「橫越大荒漠，重建豆鼠國。我們會怕白狐嗎？」

「不會！」又是一回共同興奮地大吼。

「我們會怕大鷲嗎？」紫紅將軍更加聲嘶力竭地大喊。

「不會！」豆鼠士兵也喊得更大聲了。

「各位有沒有信心？」

「有！」

紫紅再環顧四周，似乎在對米谷做最後的告別。最後，牠斗篷一甩，伸出手，定定地指向高原。士兵更是整齊地喝聲雷動。

最先出發的是火熊和紅毛率領的先鋒部隊。接著，紫紅將軍和陪行的大澤、長老們一行緩緩動身。然後，是載著大石碑的木柴車，以及運糧車隊。只是隊伍拉得頗長，當殿底的缺耳的部隊也起身時，火熊一行已經爬上高原觀望了。

貳拾捌

上抵高原的斜坡有點陡，豆鼠們要把裝著大石碑的木柴車運到上面，委實費了相當大的工夫。牠們耗費將近一整天，不只動員米谷豆鼠，還仰賴一些北方士兵的支援，才把木柴車拉上去。所幸，這個時間還在紫紅事前的預估下。

等高原豆鼠把糧食和武器全部也運上高原時，已經天黑了。從這兒再向前行，通常只須一天的路程就可穿越高原，但紫紅還拿不定主意，到底要走幾天才抵達。從現在起，完全視白狐們的動向。

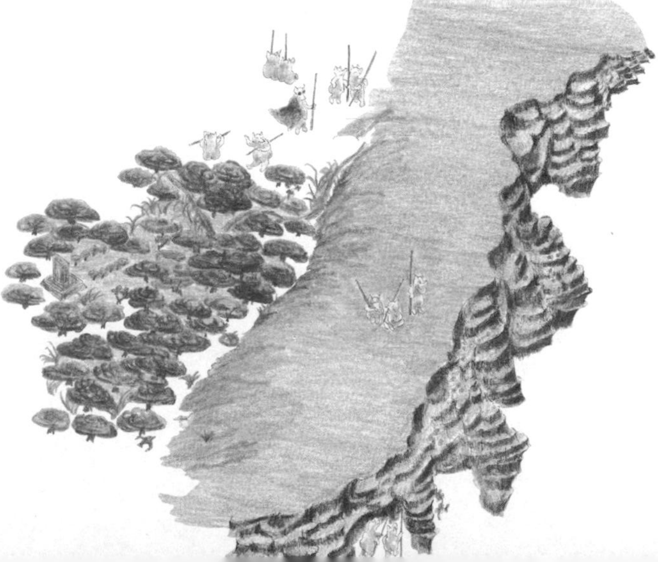

豆鼠們就在高原邊緣紮營露宿。部隊安頓好後，各隊隊長馬上集聚到紫紅面前。火熊帶領的先鋒部隊，在探查過前方的情形後，也立即回來向紫紅報告。

「前面完全沒有敵蹤。」火熊說。

「一隻都沒有嗎？」紫紅詫異道。「有沒有任何足跡或奇特的現象？」

火熊依舊搖頭。牠本想探問紫紅將軍，看到一點足跡有無任何意義。可是，看到紫紅沉思不語，遂不敢胡亂發問。

這時，紅毛也率隊回來了。

「你看到什麼沒有？」

紅毛也搖頭。

「沒關係，各隊嚴加戒備，有任何狀況一定要通知我。」紫紅說完，沒交代什麼便回去休息。各隊隊長都不知道將軍在想什麼，草草便結束一場會議。

紅毛跑了一整天，累得腳痠背疼，卻興奮得睡不著。能夠當上大軍的先鋒，在高原上奔馳，光榮感讓牠持續充滿亢奮的精神。牠坐在自己的部隊前憩息。如今當了隊長，還有一位貼身的侍衛叫輕毛，每天由牠差遣，幫忙處理許多雜務，這樣牠更能全心全力去練習使用武器，將來回大森林，一定可以好好傳授年輕豆鼠，如何對抗白狐和大鵟。

當紅毛要叫輕毛時，卻發現有一隻豆鼠走了過來。牠仔細瞧，竟然是綠皮。

「我還以為你不回大森林了！沒想到竟然在這裡出現！找我有什麼事呢？」紅毛冷然問道。

「菊子已經先走了！」綠皮說。

「走了？去哪裡？難道是大森林？」紅毛驚訝問道。

綠皮點點頭。

「天啊！你為什麼不阻止牠？牠這樣只會去送死的，你知不知道？」紅毛驀然跳起，生氣地抓住綠皮怒斥道。

綠皮不快地把紅毛推開！「你憑什麼管我！菊子要走時，你在哪裡？你知不知道這幾日菊子想什麼？你又盡了什麼責任？」

紅毛被這一責問，有些歉然。綠皮說得正是，這幾日來牠都忙著為出征的事情打轉，不要說什麼菊子，連近在眼前的綠皮，這位一起前來的伙伴，牠都忘了。

紅毛冷靜下來，低聲說道，「牠什麼時候走的？」

「昨天早上！」

「如果早告訴我，今天或許可以追看看。」紅毛惋惜道。

「你可知道，牠要回大森林去，將高原豆鼠大軍即將前往的消息告訴大森林的同胞。」綠皮說。

「牠不可能成功的。我們來時的情況，你也很清楚。」紅毛悲觀地說，「如果明天能早點穿越高原，我可以先趕下高原，也許還能救牠。」

「你看到沒有，我身上的傷口。」綠皮指著自己的肚腹。

紅毛看到了，愣了一下。

「我想阻擋，菊子卻給我這麼一刺。」綠皮無奈地說。

「唉！罷了！」紅毛嘆口氣，覺得再談菊子無啥意義。像牠那樣目光如豆，是無法看清整個局勢的。菊子要做困獸之鬥，只得隨牠了。「如果沒有其他事，我想休息了。」

「菊子走時，跟我說過，像你這樣回到家園會被咒罵的！」

「那個瘋子！你竟然還聽牠的話！」紅毛搖頭，「牠太過固執，早已失去判斷是非的能力了。」

月光出現了，還有繁星滿空。綠皮慢慢離開，仰天瞭望，不免嘆息，隨興再吟了一首詩：

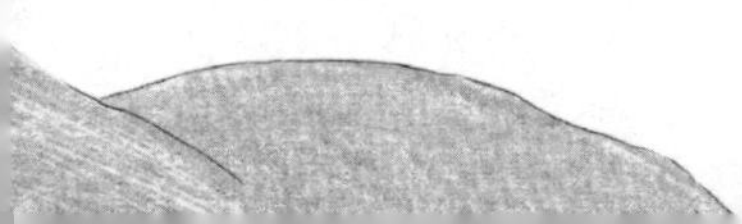

月光高照時
大森林的豆鼠都睡了
也累得不想再醒來
在遠方的遠方
只有一隻年老的
努力清醒著
趕在回家的路上

貳拾玖

不知是心情愉悅，還是即將返鄉。下抵高原後，菊子竟也浮昇寫詩的心情了。

一輩子討厭詩，還極力反對在公共空間的吟詩活動。怎知，一向志得意滿的牠，這時竟有創作的衝動。牠隱隱感覺身子裡有種不安，猶如繁殖季時發情的焦躁。這種年輕豆鼠的慾望，竟會在牠身上出現，頗令牠感到難堪，甚而有種罪惡感。詩的念頭不斷纏繞，百般揮之不去下，牠只好再取出竹簡，藉此壓抑這種不好的慾望。

竹簡上要如何交代紅毛和綠皮的下落呢？紅毛確實背叛了大森林，成為米谷的戰士。但那綠皮呢？如何解釋綠皮的行徑？牠就是太消極懦弱了，大森林危難當頭，竟如此畏怯，自己才會氣得動手刺牠。但這樣如實記述恐怕會讓自己蒙受批評，菊子只好把綠皮的情形改成，出發前可能被米谷的士兵謀害了。

由於糧食準備充裕，菊子選擇晝伏夜出，順利下抵了高原山腳。眼前即是牠先前和綠皮、紅毛一起穿越的荒原。一路上未遇到半隻大鵟和白狐，牠覺得很不可思議。或許是老天有眼，要幫牠最後一次忙吧！

菊子把行程和日記記錄妥善，再次想到快要回家，不免愉悅地哼唱起歌來。只是唱沒多久，牠也聽到了合聲。但高原下，死寂一片，怎麼可能有別的聲音？

牠突然驚出一身冷汗。嚇得跳了起來，捉起尖刺準備對抗。這時，那唱歌的聲音也停了。菊子不斷哆嗦著，是誰在唱歌呢？難道是綠皮？總不可能是白狐吧？

沒多久，那唱歌的聲音又出現，牠仔細聽，並不是牠熟悉的歌。那聲音非常低沉，不像大森林的輕快，似乎在哪裡聽過。對了！牠想起來了，那是高原豆鼠的唱法！唱歌的好像只有一隻。只是奇怪了，牠怎麼會在這裡？

菊子繼續盯著周遭的枯枝堆，見牠始終不出來。乾脆循那聲音的方向，大膽地走過去，決定把那隻豆鼠揪出來。牠巡視了好幾處，終於看到一隻灰瘦多毛的背影，依舊在哼歌。牠用尖刺的另一端試著碰觸，才一碰，那豆鼠倏地轉頭，嚇得菊子往後退了好幾步。

就在這時，旁邊的枯枝堆裡，竄出四五隻豆鼠，圍住牠。菊子雖然肥胖而巨大，硬是被牠們按倒了。
「怎麼有這麼胖的豆鼠？你是誰？」那唱歌的豆鼠逼向前，嗅聞菊子的臉。牠的形容蒼老而瘦小，卻帶著輕蔑的嘲諷口氣。
「放開我。我沒有傷害任何米谷的豆鼠。」
「米谷？你去過那裡了？」為首的這隻激動地緊瞪著，「你最好源源本本地把經過說出，不然我們不會饒過你。」
菊子可不敢隨便逞強，眼看這一群豆鼠不認識牠，似乎對米谷很有感情卻又陌生，遂乖乖地把自己的背景說了出來，包括去了米谷一事。但牠隱匿了自己溜出來的原因，還有綠皮跟紅毛的事。
「你在米谷有沒有見到一個大壞蛋叫紫紅的？」那豆鼠瞇著眼繼續追問。
菊子發現牠們對大森林的樂趣並不高，但對紫紅似乎更在意，且懷有相當的敵意，遂猛然點頭，而且提到紫紅已經回到米谷。
「奇怪，那個壞蛋為何不滯留在北方？怎麼會回到米谷了。難道牠也掌握管理米谷的實權？」
菊子聽牠這一問，確定牠不是紫紅的部下後更加放心，牠想自己可以說更多的事情了，這樣或許還能幫助自己離開。於是，自己也加油添醋把紫紅臭罵了一頓，還把軍隊即將前往大森林的事說了出來。

周遭的豆鼠鬆開了對菊子的壓制，漸漸讓牠自在說話。

「什麼？紫紅要帶士兵遠征！」那為首的豆鼠聽到，興奮地拍手大叫，「太好了。」其他豆鼠也是歡欣鼓舞。

「你們為何那麼高興？」菊子不解。

「我們早就知道牠有很大的野心，沒想到竟然想前往大森林。如果牠要帶兵到大森林去，我們就可以名正言順地回家，趁牠不在，把米谷的統治權接收過來。」

「到底你們是誰？」

「在米谷時，你難道沒有聽過，有一些豆鼠因為觀念和長老們不同，被流放到荒原嗎？」那唱歌的豆鼠笑道，「牠們的首領叫灰光。」

「是聽過有一些豆鼠被流放，也聽過這個名字。」菊子也搞不清，那時一心一意只想回大森林，根本不在乎米谷的過往和狀況，但好像聽綠皮講過一兩回。

那質問的豆鼠繼續呵笑，「我就是灰光。」

眼前的豆鼠自我介紹後，菊子突然有較完整的記憶了。灰光就是曾經聽過的，被紫紅驅離的異議份子。沒想到，牠竟現身眼前。

菊子囁囁地探問，「你們不是已經被紫紅消滅了？」

「太好了！如果大家這樣認為的話。」灰光喜孜孜地說。

「我還是不懂，長老們為什麼要流放你？」

「說來話長，總之，我堅決地反對到北方拓墾，卻被紫紅和長老們下令放逐。」說到此，灰光有些黯然，「牠們不服從判決，都跟著我流亡。牠們也相信有一天，我會帶大家回到米谷。」

「那你認為紫紅帶兵去大森林也是錯的囉？」菊子想探問牠們對大森林的看法。

「嗯！這是紫紅好大喜功的本性使然。」灰光似乎想起了某些往事，喟然嗟嘆，「豆鼠的習性只能待在森林，被放逐到荒原是最可憐的。這幾年，我們所受的苦是其他豆鼠所難以想像的。」

「大澤不是也反對嗎？」菊子繼續問道。牠在米谷時，對這些事漫不經心，只專注地想回大森林，沒想到來到高原山腳了，才覺得有必要對米谷有一番更深的認識。

「那膽小鬼，每次都是嘴巴反對，最後關頭便放棄自己的立場。我會被流放，還不是被牠所害的。如果牠當時和我們聯合在一起，紫紅就無法如此囂張了。」灰光感慨道。

沒想到米谷的豆鼠之間也有如此複雜的關係。菊子沉思道，這樣看來那灰光一夥和牠應該是同一陣線的了，應該會放牠走吧？

「你知道紫紅什麼時候出發嗎？」灰光繼續追問。

「我猜想，可能在我離開後，沒隔幾天。」菊子盡量配合，「我可以走了嗎？」

「你回去後要做什麼？」

「阻擋紫紅將軍進入森林啊！我只要告訴長老們紫紅的野心，大家都會群起反抗。」

「紫紅有強大的武器，你們擋得了嗎？」

「我們有強大的信心。」

「你們會製作尖刺嗎？」

「我們有保衛家園的決心。」菊子再次強調，說完想要轉身，繼續朝大森林出發。

「你走去哪裡？」灰光當下喝令道，其他豆鼠隨即橫出尖刺阻擋牠。

「我可以通知大森林豆鼠，阻擋紫紅，對你們也有利啊！」菊子很不解，再次強調自己的目的。

「要通知，別的豆鼠可能更加勝任，還不需要你的幫忙。」灰光冷笑道，「真是奇怪，你講了這麼多，怎麼都不提綠皮和紅毛。難道牠們都死了？還是在紫紅那兒做事？」

菊子嚇了一跳，灰光怎麼會認識綠皮和紅毛，到底這是如何一回事？牠正困惑不解時，枯枝堆後緩緩走出了一隻肥胖的豆鼠。菊子一瞧，差點跌坐在地。眼前赫然是黃月。黃月竟沒死！

「你——」菊子驚得講不出話來。

「我知道你多麼希望，我能夠犧牲，成為大鵟的食物，換取你們的存活。」黃月苦笑，「偏偏我的運氣就是比你好，有牠們來搭救。」

「我沒有要你犧牲。」菊子慌忙解釋。

「不用說了，我心裡自有定見。」黃月阻斷牠的發言，「紅毛和綠皮呢？」

「紅毛背叛了，綠皮好像，好像被米谷的豆鼠殺害了。」菊子說得有些閃爍。

黃月狐疑地望著牠，菊子不禁滿臉大汗。

灰光馬上插嘴，「我看你是想跑回去當紫紅的內線。」

「冤枉啊，我是大森林的豆鼠，只想為自己的家園尋找出路，怎麼可能效勞於一個見過沒幾次面的紫紅？」

灰光繼續搖頭，「不懂得製作尖刺，你這種豆鼠回去，等於沒回去。」

「我跟你們無啥仇恨，幹嘛留住我？」菊子很生氣，一邊期待著黃月的支援。

「我們太久沒回去了，米谷現在變化很大。我們需要一個熟悉路況的帶頭。你最適合不過了。黃月在我們這兒，至少學會如何取材樹種，製作尖刺，牠應該更適合回去通報訊息。我們也比較相信牠。」

菊子這時終於清楚，黃月跟灰光明顯地結合一塊，不可能幫牠說項的。牠急切說道，「我在米谷時沒什麼活動，什麼都不清楚，只知道如何出來，我去等於白走一遭。你們也多增添一份麻煩。」

「少騙我們了，待了那麼久，居然說對米谷不熟悉，難道我們這些離開多年的會比你更清楚？」灰光冷笑。

「黃月，你快點幫忙解釋。」菊子還想請黃月幫忙。

但黃月低頭不語，似乎對牠沒交代清楚綠皮和紅毛，很不滿意。

菊子眼看沒辦法說服了，轉而變色道，「不信就算了，我也不想跟你們打交道了。」

灰光臉色鐵青，斥喝道，「我們不能讓你這狡猾的傢伙溜走。」

流放的豆鼠慢慢圍繞過來，尖刺皆緊緊朝著牠的身子。菊子心涼了半截，感嘆不已。

黃月正眼也不瞧，一伸手就取走牠身上的竹簡，接著推著小木柴車，頭也不回地朝大森林奔去。看來，牠和灰光已經取得良好的默契。若牠能回到大森林，顯然比菊子回去還讓灰光放心。

菊子很無奈，沒想到自己辛辛苦苦記錄的資料，最後竟被黃月竊取，真是不甘心啊！望著眼前高原的峭壁，想到還要重新攀爬，菊子的心情真是沮喪到了極點。再想到，黃月將成為大森林的探險英雄，自己卻被迫要跟著流放的高原豆鼠走回討厭的米谷，淪為恥笑的對象，牠不禁仰天長吁。

叄拾

紫紅依舊未睡，兀自披著風衣，站在高原的土丘上，思考著未來該如何引誘白狐群來攻擊。照理說，愈多豆鼠的集聚會吸引愈多白狐的到來。今天先鋒部隊卻未發現白狐的蹤影，難道是被豆鼠們的大軍所嚇到，全部躲起來？

一隻豆鼠悄然來到牠的背後。

「誰？」牠機警地問道。

「缺耳。」來的豆鼠大聲說。

「這麼晚了來幹什麼？」

「想要幫忙解決將軍的煩惱。」缺耳伶俐地回答，「將軍是不是在想白狐為何都未出現？」

紫紅暗忖這傢伙真機靈，竟然能猜出牠在苦惱什麼，火熊和青林若跟牠競爭恐怕都不是對手吧？紫紅久未作答，故意測探缺耳的下一步，但缺耳始終未再追問，只是靜靜地站在原位，彷彿在聽候指示。紫紅忍不住問道，「你有何高見呢？」

「高見是沒有，卻有一個建議，不知將軍是否願意採納？」

「說來聽聽。」

「我研判，白狐一定知道豆鼠傾巢而出了，但遲遲不發動攻擊，主要是因為豆鼠的數量太龐大，牠們有所忌諱。所以，我們必須引誘牠們前來。」

「如何引誘呢？」

「我後來理解，將軍之所以如此安排隊形，主要是想引誘白狐來攻擊。但是這樣的誘因似乎還不夠，需要創造更大的誘敵戰術，讓白狐全部出動。」

「你想到更好的方式？」

「我建議可以派一支先鋒部隊，往北繞，主動去攻擊白狐族群，激起牠們的怒意，讓牠們相互走告，集體前來。我們的先鋒部隊則趁機將牠們引誘到運糧車隊附近。其他部隊再層層包圍，把牠們打個措手不及。」

紫紅覺得缺耳的主意非常好，馬上下達命令，要火熊在明晨天亮之前，帶先鋒部隊往北方行進，找到白狐後，隨即肆意地攻擊。但牠不放心火熊，怕牠過於衝動，又找了紅毛幫忙，交給牠三道命令。

火熊接獲任務後，興奮異常。身為一隻豆鼠，能夠主動攻擊白狐，這是畢生最大的心願。沒想到不久就要實現，更教牠興奮得連覺都睡不著了。

好不容易熬到快出發時，紅毛卻匆匆過來提醒牠，「你可知道這計畫是誰建議的？」

「誰？難道是缺耳？」火熊隨即聯想到牠。

紅毛點頭，「昨晚散會後，聽說牠又去見過將軍了，我懷疑牠是否另有其他陰謀，打算藉機陷害我們。」

「哈！哈！那個膽小鬼還沒有這份能耐的。你也太多疑了，莫非這是你們大森林豆鼠的族群性格？」火熊開玩笑道。牠總覺得是紅毛多心，在這個攸關集體豆鼠安危的時候，缺耳絕對不會設計陷害牠。更何況，牠也相當樂意去執行這項任務。

紅毛看火熊如此信心十足，也不便再說什麼。牠原本是粗線條的豆鼠，仍不免察覺到紫紅部屬間的競爭。自己雖不想介入，但既然成為紫紅的屬下，恐怕也脫身不了了。

參拾壹

天未亮以前，火熊便和紅毛帶了一隊驍勇的士兵和一輛採收車，在黑暗之中，朝北奔馳而去。

高原那麼廣闊，到哪兒去找白狐呢？好不容易走到指定的地點時，紅毛不免疑惑道。以前都是設法躲避白狐的攻擊，如今主動亮相等牠們，反而有點不知如何是好。

那是一處山凹，除了牠們走進去的方向，三面環繞著漆黑的小山丘。

「嗯！將軍說得不錯，這裡向來是白狐喜歡俯瞰和發動攻擊的位置。但總要讓牠們知道我們的到來吧？」火熊說。

正當火熊煩惱該怎麼辦時，紅毛遵照紫紅的囑咐，從身上掏出第一道命令，遞給火

熊。火熊看了以後，驀然開悟。馬上下達命令，「把身上的藤繩取出來，綁上枯枝吧，開始在地上磨擦，製造灰塵。」

「做什麼？」紅毛好奇問道。

「將軍說可以吸引白狐到來啊！」

紅毛想起當初來米谷的路上，牠和菊子、綠皮也採取過類似的戰術。就不知菊子現在如何了？牠正發愣時，豆鼠士兵們開始動手，拖著樹枝磨擦地面，製造灰塵了。

「灰塵愈大愈好。」火熊叫道。

紅毛抬頭注意瞧四周。牠倒是眼尖，沒多久便瞧到一群白狐，集聚在一處略高的山丘上，約四五隻，從那兒偷偷俯瞰。

過沒多久，紅毛提醒火熊，「愈來愈多了。」

火熊點頭，大叫道，「我們真是幸運，牠們來愈多愈好。停！」一邊注意白狐的動態。

機靈的白狐一看清豆鼠真正的數量，隨即溜下山丘。

「牠們上當了。」紅毛興奮地對火熊說。

衝下山丘的白狐少說有十來隻。等白狐快接近時，火熊揮手下令撤退，豆鼠隊伍隨即有序地往後走。白狐群看到豆鼠正要離去，更是快馬加鞭，狂亂地衝過來。

眼看快要追上，白狐們卻發現，豆鼠裡竟有一種奇怪的東西出現了。那是一輛木頭製的車子，就是火熊一行帶來的採收車。車上，赫然站著一隻慓悍的大豆鼠。正是火熊！牠站在那兒指揮，採收車隨即連續射出石塊。連著兩顆石塊都擊中帶頭的白狐。那隻白狐當場倒了下去。

火熊拎著尖刺，縱身一跳，往牠身上戳了下去。那領頭的白狐還想反抗，紅毛再趕至，狠狠地補了一刺。牠才悶不吭聲地昏厥。

其他白狐最早是被突如其來的怪石所嚇到，接著那火熊的縱跳、紅毛的闖出，更把牠們驚住了。白狐從未見過豆鼠敢如此迎面決鬥。牠們正不知所措，那採收車又連續發出了四五顆石塊，紛紛擊中跟過來的白狐。除了倒地的那一隻，其他都悶不吭聲，低伏著尾巴，迅速逃離。那火熊毫不放鬆，隨即發出追擊的命令。所有豆鼠取出尖刺，開始追殺奔逃的白狐，把那群白狐嚇得直往小丘上奔竄。

豆鼠眼看白狐群已經遠離，遂停止攻擊，待在凹地整裝。紅毛再度打開紫紅的第二道命令，準備執行。

白狐上了小丘，喘口氣，回過頭再俯瞰時，卻發現那豆鼠隊伍裡，竟有一團白色的東西被採收車吊起。牠們一看竟是領頭的白狐，仍活著，還在痛苦地掙扎呢！白狐群在小丘上嗚嗚地哀嚎，陣陣悲鳴聲，傳遍了整個高原。那鳴聲不僅淒涼而悲愴，而且充滿了憤怒，聽得豆鼠們都膽顫心驚。

刻意把白狐吊起來，紅毛覺得紫紅這一招未免太狠了。可那火熊卻興奮得很，畢竟剛才那隻白狐首領是牠逮到的。牠還衝到白狐群前面的山丘下，揮著尖刺向牠們挑釁。

沒多久，豆鼠們覺得不太對勁了。四周的小丘開始有更多的白狐集聚。牠們顯然都是聽到同伴們悲愴的叫聲而趕過來。紫紅料得果然神準，可是紅毛也暗自心驚，白狐數量之多已經超乎想像。連火熊也驚嚇住，不知如何迎戰。豆鼠士兵們更慌亂成一團。紅毛再打開第三道命令觀看後，急忙大吼，「撤退，回營！回運糧車，動作快！」

紅毛這一大吼，其他豆鼠才從過度的驚嚇裡清醒，什麼採收車、尖刺以及綁架的白狐都棄置原地。一隻跟著一隻，爭先恐後地往來時的路奔跑。火熊這時才驚醒，聽到紅毛向牠叫道，「我們務必要將隊伍帶回運糧車隊那兒。」

火熊和紅毛漸漸放慢了腳步，準備殿後、押陣，免得豆鼠們亂了隊形。

白狐們看到豆鼠們逃走，更加憤怒，牠們一群一群地奔下來，抵達豆鼠遺棄武器和白狐首領垂吊之處，依舊不停，繼續追逐著奔跑的豆鼠們。一切再度如紫紅將軍的預期，牠們已經憤怒地無法停止腳步，每一隻都齜牙咧嘴，邊跑邊低狺。在前面的豆鼠死命地跑，感覺好像整個高原都在震動。到底牠們的背後有多少隻白狐到來，已經沒有時間回頭細數。

紅毛自恃體力好，腳程快，偷空回頭看，一個踉蹌，差點絆倒自己。老天！牠只看到整個視野頓時白茫茫一片，彷彿一夜之間下了一場大雪般。

有一兩隻豆鼠落後了，隨即被撲上來的白狐咬住，還來不及慘叫，就淹沒在白狐群裡。紅毛自顧不暇，哪可能回頭馳救。將軍為什麼不快點派其他士兵來救我們呢？這麼大的聲音，牠早就該聽到了。紅毛心頭著急地埋怨，難道要我們跑到只剩最後一隻才要出現嗎？

還好那運糧車隊已經看見了，尤其是運送大石碑的木柴車就在前方明顯地突立著，這使牠們的奔逃有了一個明確而安全的方向感。可是，豆鼠們已跑得筋疲力竭。白狐群的追逐速度卻未減緩，怒吼之聲則愈加響亮。

漸漸地，有些腳程快的白狐甚至已經超過豆鼠隊伍的兩端，逐漸形成由翼端包圍的態勢。為了保護士兵，火熊不得不再放緩腳步，取出身上的尖刺，轉身朝先趕上來的白狐攻擊過去。牠試圖以這種威嚇方式，讓其他豆鼠士兵能夠抽身。先趕過來的白狐群果真嚇了一跳，沒想到竟有豆鼠敢停下來，向牠們挑戰。不免畏懼地向後迴避，本能地觀望、低徊。

「來吧！膽小的白狐！快過來決戰吧！」火熊大吼。

火熊這一吼，先趕到的白狐更加猶疑，沒有一隻敢冒險向前。紅毛發現火熊竟回頭作戰，不得不抽出身上的尖刺，也趕過來支援。白狐們更加不敢向前，其他豆鼠卻得以趁隙繼續往前奔跑。眼看機不可失，紅毛對火熊大吼一聲，「我們也走吧！」

兩隻豆鼠把一對尖刺向前虛晃兩招，轉頭又往運糧車的方向奔跑。

眼看這兩隻豆鼠竟如此耍弄牠們，白狐更加憤怒，轉而視牠倆為首要目標，集中火力追殺。

「我快撐不住了！你先走吧！」紅毛氣咻咻地跟火熊說。

「剩下一點路程，運糧車隊就在眼前，再撐一下！加油！」火熊叫道。

紅毛只覺得眼前不斷冒出白花花的星光，漸漸天旋地轉。自己快要倒地了。然而，牠發現自己仍在跑，到底這是怎麼回事呢？原來火熊撐著牠腋脅，繼續往前跑。是火熊救了牠！火熊展現超強的耐力，竟然架著體型肥胖而碩大的紅毛，繼續往前奔。

當牠們和其他豆鼠接近運糧車隊時，赫然發現四周竟空蕩蕩，並無豆鼠士兵看守。火熊正覺得奇怪，白狐已經追上來。

牠想這下完了時，突地竄出許多持有尖刺的豆鼠士兵，開始迎向白狐。牠終於有時間把紅毛放下，獲得喘息的機會；同時，再拾起尖刺迎戰。但白狐來得太多了，沒兩下子，豆鼠士兵們竟也抵擋不住。為了保護紅毛，火熊也被好幾隻白狐圍攻。白狐顯然知道牠是豆鼠的隊長，圍攻過來的數量愈來愈多。

火熊全身上下都被白狐的爪掠了好幾道傷口，終於支撐不住。快要倒地時，牠看到了一輛輛採收車正大量駛進，天空也有布鳶飛臨，但這一切對牠和紅毛而言，似乎都嫌遲了。

參拾貳

一場白狐和豆鼠的大戰，終於在清晨落幕。整場戰爭都在紫紅將軍事先的預期之中，白狐群果然追到運糧車隊，落入豆鼠們埋伏的陷阱。當保護運糧車隊的豆鼠士兵抵抗白狐們時，紫紅將軍和各隊隊長也率領其他軍隊，從兩翼包圍了所有白狐。然後，藉著採收車和布鳶上下夾擊，把衝過來的白狐盡數殲滅。

高原豆鼠們從來沒有這樣痛擊過白狐，縱使近來懂得使用彈弓和尖刺，也不曾如此勝利。這無疑是要靠紫紅將軍發明的採收車和布鳶的協助。當然這一戰若論功勞，還是缺耳居首功。如果沒有牠的獻計，就難有後來圍剿的豐碩戰果。

豆鼠雖然勝利了，紫紅將軍卻不敢稍加怠慢。畢竟，路程還遙遠得很，更何況還有一個大敵未除，豆鼠們不宜在高原久留，浪費糧食。紫紅隨即下令部隊繼續出發，要在日落前趕到高原的盡頭。

紅毛被搖晃震醒時，發現自己竟躺在運糧車上，輕毛正守護在旁。

「火熊呢？」紅毛一醒來想到的便是牠。

輕毛支吾了兩下，不知如何回答。

「是不是已經死了？」紅毛勉強撐起，怒沖沖地抓住牠質問。

輕毛點頭。

紅毛難過的頭又疼了起來，整個身子像癱瘓般，再度跌躺入車裡。火熊救了牠，卻丟了性命。照說死的該是牠，不是火熊！

牠閉上眼睛，悲痛地不知如何發洩。沒有錯，整個事件都是缺耳這個傢伙的鬼主意，故意教火熊執行這趟死亡任務。紅毛握緊拳頭，誓言要幫火熊報仇。

有一隻豆鼠接近車子。紅毛聽牠和輕毛講話的聲音，知道是綠皮來探視，卻故意繼續昏睡。現在牠的腦子一片混亂，根本不想和任何豆鼠見面。牠需要的是安靜的休息。綠皮看牠依舊昏睡，未吭聲便悄然離去。

部隊繼續前進，在這個白狐最常出沒的地方，已經看不到任何白狐的蹤跡。還有什麼比這件事更讓豆鼠們快樂呢？一路上，豆鼠士兵們不斷地發出愉悅的歌聲。

陪著隊伍前來的長老們，眼看豆鼠們第一戰便獲得大勝，自己的子弟兵死傷又不多，都深感興奮，特別去向紫紅將軍祝賀。不過，紫紅看來一點也沒有喜悅之感，神情反而略帶沮喪。長老們猜想，大概是和愛將火熊戰死有關。

紫紅確實很難過，但牠有更大的煩惱。沒想到在第一戰，火熊就殞沒了，而紅毛又昏睡不醒，整個部隊彷彿喪失了一對觸角。

大澤走在紫紅後面不遠的地方，和一群長老聊天。牠們原本想送至高原便要回去。但豆鼠們打敗白狐以後，高原暫時沒有什麼大危險，牠們遂改變計畫，決定隨隊穿越高原，抵達東側的懸崖再折回米谷。

綠皮探視紅毛後，特別跑來跟牠談話。大澤一看到便問，「你那位同伴現在如何了？」

「還沒醒來，不過，牠身子相當硬朗，看來應該沒什麼問題。」

「對了，為什麼一直未看到菊子呢？」大澤好奇地問道。

「走了！大軍還未出發前，牠就已經離開，先回大森林了。」綠皮說。

「啊！牠孤零零一個，怎麼回得去呢？」大澤吃驚道，惟看到綠皮似乎另有隱情，不便說出，牠不好意思再問。雖然未曾和菊子隊長深談，但大澤覺得，彼此都是在為自己的森林著想，看在這份心意下，牠倒是期待著菊子能夠安然返回。當然那恐怕也得奇蹟出現吧！想到高原上又將增添一具豆鼠遺體，牠心頭不免多了幾分無奈。

「要回去了，你現在覺得如何？」大澤再問道。

「如果能夠像菊子一樣單獨回去，也許比較好。」綠皮說。

「你現在隨著軍隊出發，恐怕不適合說這種不切實際的話吧？」

「這樣子走下去，一路都是戰爭、死亡，勝利的代價只是獲得更多的土地空間，卻不一定能帶來和平，還不如跟你們一起回米谷算了。」綠皮感慨道。

「不會的，白狐們不是已經消滅大半了嗎？」大澤安慰，「再說，根據經驗，大鵟群明晨才會遇到。」

「這場戰爭的結果，恐怕只是一隻豆鼠的勝利，其他都要倒霉。」綠皮說。

大澤愣了一下，暗自心驚，這隻大森林的豆鼠怎麼想法都跟自己一樣！可牠是身不由己，不得不維持支持的形象，以免又遭其他豆鼠指責破壞團結。

「如果有機會，也許，你可以再回到米谷來。以後那兒豆鼠的數量不多了，可以把環境弄得更好。這場戰爭下來，或許也可以解除繁殖季節的交配限制，以及好好思考扁

豆栽植的問題。我還是覺得讓扁豆攀爬的樹太多了，這一次趁大軍砍伐掉的空間，將來說不定栽植一些原始林的樹種。」大澤講了一大堆未來的想法。「啊，對了，這兒是可以隨興吟詩的。」

大澤的邀請，讓綠皮很感動。大澤似乎對米谷的未來仍深具信心，繼續在為米谷尋找最好的生活方式。

「那採收車，你坐過嗎？」大澤問道。

綠皮搖搖頭。

大澤還未搭過呢，但聽說它們也能摘採扁豆，不禁好奇地試跳上一輛，檢視它的性能，「這種車的性能不壞，應該跟紫紅要一部帶回米谷研究。」

豆鼠部隊仍在行進間高興地唱歌，聲音響徹雲霄。大家都陶醉在勝利的情境裡，竟沒有豆鼠注意到天空有黑影接近。

大澤正感覺不對勁。牠直覺到，眼角的餘光裡，天上似乎有一道黑色的影子掠下。正要抬頭，眼前卻出現一對暗黑的巨爪。是一隻大鵟！

牠正伸出雙爪，那巨爪從大澤胸口劃過。大澤隨即被擊落，從採收車上，跌落到地面。

綠皮衝過去，牠想救大澤，卻發現已經來不及了。大澤因後腦重擊地面，一句話也沒有交代便斷氣了。

豆鼠部隊因這一突襲而大亂，許多採收車朝天空胡亂射了一陣。那大鷲早已高飛而上，不斷地盤旋於高空。牠的旁邊還有兩隻伴護著。缺耳趕來，看到三隻大鷲在天上盤旋，隨即下令布鳶升空，可卻被隨後趕過來的紫紅擋住了。紫紅果決地跟缺耳說，「那只是個探哨，讓牠多看幾下，對明晨的戰爭或許有幫助。布鳶太早亮相，對我們不利。」

紫紅解釋完，隨即回身蹲下來，檢視大澤。大澤已經氣絕身亡，但雙眼未闔，一臉難以置信的驚恐表情。紫紅看了不禁嚎啕大哭。在場多半不是常駐北方的豆鼠士兵，看到紫紅將軍如此傷心，對牠只有更加尊敬了。

綠皮茫然地站在大澤身邊，想著大澤最後跟牠說的那些話。

火熊離去，現在能夠給予中肯意見的大澤也死了，紫紅真的相當難過。第一場戰爭結束時，牠只想快點趕路，現在反而耽擱下來。牠呆立著，遠眺著前方，不知如何壓抑自己悲痛的心情。從小到大，紫紅總覺得大澤做事比較謹慎，顧忌太多，無法開創新的格局。但大澤善於守成，這點是牠學不來的，牠原本計劃，如果將來解救了大森林，還想請大澤去那兒規劃治理，自己再回北邊繼續拓墾。現在，軍隊才出師，就遭此不幸，一切都成幻影。難道上蒼真的不讓牠們實現百年來的大業嗎？紫紅閉眼祈禱，再度熱淚盈眶。

部隊仍要繼續出發，而且為了不致產生過多的惶恐，紫紅迅速地收拾情緒。但長老們已經沒有心思繼續送行，牠們決定立即折返，並將大澤的遺體護送回米谷。

送走長老後，紫紅很生氣地質問四周的豆鼠士兵，「黑雲雀為何沒有示警？」

「報告將軍，黑雲雀不適合高原內陸的乾旱，才進入高原內部不久便死掉了。」帶領黑雲雀的豆鼠士兵答道。

聽到黑雲雀也死了，紫紅相當意外，不過黑雲雀的死，對遠征而言並沒有什麼影響，先前的規劃裡，紫紅也未把牠們當成必要的成員。牠只是訝異，原本在高原崖壁才會頻繁出沒的大鵟，此時竟然也在高原內域活動。

「從現在起，各隊要加強戒備，隨時監控上空。不能讓大鵟再有任何突襲的機會。」紫紅下令，此後一路上不准再唱歌。

紫紅望著高空，那三隻大鵟顯然已經走了，只剩一些零星如魚鱗片的雲朵，退到天邊。看來明天應該又是一個好天氣，紫紅祈禱著，三隻大鵟會將豆鼠大軍到來的消息帶回去，讓所有大鵟們知道。也或許，大鵟們早已知道，才會派出這三隻大鵟來刺探吧？而襲殺大澤，恐怕也是一種刺探吧？想瞭解豆鼠的防衛能力。牠深有預感，最後的決戰應該在明晨。

黃昏時，高原豆鼠的部隊安然抵達了東側的懸崖。

叁拾叁

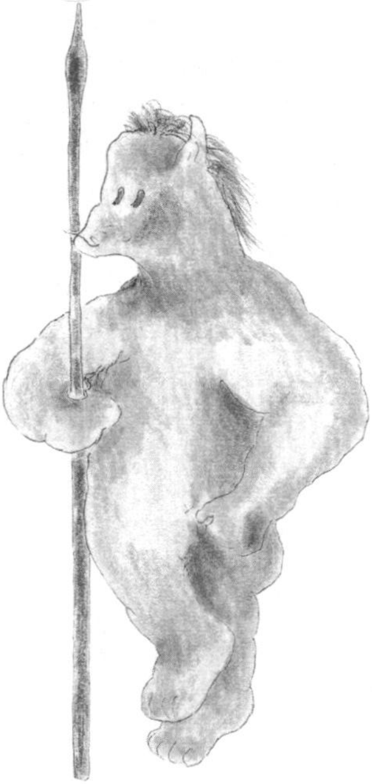

那一夜，各部隊長再到紫紅將軍露宿的地方開會，商討凌晨時如何爬下崖壁。

儘管，先鋒部隊也有兩位副將來開會，會場裡缺了火熊和紅毛出席，氣氛特別奇怪。總覺得像是少了什麼，有一種不祥在四周圍繞著。

紫紅決定，待會兒解散後，便開始行動，在日出以前，先把木柴車垂放到山腳，然後故意把一些運糧車懸在半山腰，讓大鷲以為有機可乘，大舉來犯。等大鷲攻擊崖壁的豆鼠時，再採取類似白狐的圍攻戰術。

把木柴車和運糧車垂降崖壁，無疑是最吃力的任務。青林被指派總攬所有搬運的工作。而大華則負責崖壁的警衛，把豆鼠士兵安排在幾個山壁凹處，帶著尖刺、彈弓和大量石子躲在那兒，同時保護運糧隊的下山。缺耳則率領另一隊士兵駕著採收車在高原待命。

布鳶原本是要由火熊和紅毛帶領的，現在只好由紫紅將軍親自指揮。一切安排妥當後，紫紅正要宣布會議結束，紅毛冒失地闖進來。

紅毛的身子顯然已經好了，但大家看到牠怒氣沖沖，不免嚇一跳。紅毛一衝進，眼睛便瞪著缺耳，隨即大步跨前，準備揍打缺耳。那缺耳不甘示弱，往前迎去。所幸牠們之間尚有青林和大華擋住，才避開了一場衝突。

「紅毛！你這是幹什麼！」紫紅非常震怒，大聲斥責。

「是牠！是這隻陰險的豆鼠，害死火熊。」紅毛非常激動地指著缺耳罵道。

缺耳也相當生氣，當場訓了牠一頓，「火熊的死，我也很難過。戰場的事，很難做出萬無一失的判斷，隨時都會有意外發生。你若要做一位好的戰士，最好冷靜下來。」

「缺耳說得沒錯，紅毛，這事不能怪缺耳，要怪你就怪到我身上。」紫紅再度喝阻道，「何況想報仇，也應該找大鵟和白狐才對啊！」

紅毛被這一連串的斥責後才冷靜下來。然後，頹喪地說，「請給我最艱難的，能夠和大鵟決一死戰的任務吧！」

紫紅點頭，牠真的需要一位能夠帶頭衝鋒的勇士，眼前這位大森林的豆鼠無疑的比其他豆鼠都更適合這個職位。牠最後向眾隊長宣布，「這是最後一戰了！請大家努力，整個高原豆鼠的未來就在各位的身上，我們一齊加油吧！」

紅毛的任務是什麼呢？沒別的，正是和紫紅將軍一起搭乘布鳶，和大鵟在空中對決。

會議結束後，紅毛單獨站在空曠的高原上，面對著黝暗而空寂的大地，回想和火熊一起學習飛行，在天空翱翔的那一段日子。牠這一輩子可沒什麼好朋友，有的話就是這一隻和牠曾經競爭過，兩度救牠性命的高原豆鼠了。

原本希望和火熊到大森林一起快樂地生活，攜手為豆鼠世界的未來打拚。現在只剩下牠而已，這算什麼呢？為什麼膽小的缺耳還活著？為什麼毫無建樹的青林也能擔當重要的工作？為什麼綠皮可以輕輕鬆鬆地回到大森林？上天實在太不公平了。面對寧靜的高原，紅毛不禁發出悲憤的大吼。

參拾肆

夜黑風高，如圓頂般彎垂的天篷卻是繁斗滿星。豆鼠們悄悄展開行動了。為了爭取時間，青林和屬下決定更改計畫，大石碑並未卸下，反而直接和木柴車一起垂放。一群士兵用了幾百條藤繩加強綑綁，開始慢慢地往山腳垂放。

若按原先計畫，部分運糧車應該半懸在崖壁，先把大石碑和木柴車放下去。但是青林很快發現，即使有滑輪輔助，龐大的體積加上巨大的重量，難度仍然超過預期，為了順利加快進行，只好請紫紅將軍加派豆鼠士兵支援。只是，進度依舊緩慢。

青林趕緊再去報告紫紅將軍。牠擔心，在天亮以前可能無法將木柴車垂放到山腳，而那時大鵟若來攻擊，要抵擋牠們，又要保護大石碑、木柴車和運糧車，恐怕相當困難。

「那就讓大石碑、木柴車懸在山腰，運糧車全部先下去吧！」紫紅將軍聽了，索性發狠地下達命令。

「可是重量實在太重，萬一藤繩斷掉，可能會使在山腰工作的豆鼠們受到傷害。」青林憂心道。

「盡量加粗藤繩，天亮前，再用藤繩固定於山壁上引誘大鵟，就這樣子。」紫紅決然地了斷，「對抗大鵟的事就交給其他豆鼠，你不用掛心。」

青林雖覺得不妥，可不敢再說什麼。回到工作崗位後，便照紫紅的命令，加粗了好幾條藤繩。繼續催促士兵們趕工，加速把運糧車往下放。天快亮時，運糧車都已抵達山腳，唯那木柴車還有一半的高度必須垂放。綠皮陪青林爬下半山腰處。牠發現，除了運木柴車的士兵仍在工作，其他豆鼠士兵都躲到山壁凹處，準備和大鵟作戰。至於支援的士兵也都逐一爬回高原上埋伏。

青林知道時候差不多了，無法再進行垂放的工作，於是趕緊下令將木柴車固定起來。牠們正在密切注意固定的情形時，綠皮赫然發現，那木柴車上綁大石碑的藤繩已經吃力地發出緊繃之聲。若不快點找豆鼠士兵幫忙，只是繼續懸垂著，牠真懷疑還能撐多久。

「我幫你爬上去向將軍報告吧？」綠皮正說著，那木柴車已傳出斷裂聲，主要的一根藤繩斷了！大石碑頓時斜傾一邊，撞落了一群守候在旁的豆鼠士兵。再撞到了山壁，許多石塊被打落，好幾位豆鼠士兵因而墜崖、重傷，發出慘烈的哀號。

接著，大石碑因這一撞，導致另一根藤繩鬆脫，再次左右來回擺動，又撞上了山壁。木柴車因這一碰，終於碎裂開來。大石碑也傾斜了一半，繼續像個鐘擺，不停地擺動。面對搖晃不定的大石碑，士兵們好像被巨人踩踏的螞蟻，只有設法閃躲的份。偏偏牠們多半是在山壁，根本無處可躲，只能祈禱不被撞著。

等那大石碑慢慢停止搖擺，適才的撞擊卻引發了轟隆的山崩。一塊塊巨石，滾滾翻落。這回連一些躲在山壁凹處的士兵們都躲避不及了。豆鼠士兵們再次發出淒慘的叫聲，又有許多豆鼠墜落。那大石碑也被山崩驚醒，再次搖晃。整個場面猶若一場戰爭的殺戮。

青林和綠皮慌得不知如何是好，而那大石碑最後竟朝牠們撞過去。綠皮急忙跳到旁側的山壁，可青林卻來不及。大石碑朝牠撞個正著。青林像被壓扁的扁豆般，慘死在大石碑下。綠皮驚魂未定，又聽到山崩之聲，石塊陸續滾落，牠急速往下滑了十來個身子遠。最後，好不容易捉住一根樹莖，才止住滑落。

終於，大石碑也停止搖晃了，孤零零地懸垂在半空中。整個空間霎時瀰漫著不安之寂靜，四周則滿目瘡痍。在木柴車旁工作的豆鼠士兵到底死了多少，一時間恐怕無法估計。綠皮環顧四周，驚訝地發現，無恙的豆鼠竟然不及半數，各個臉色疲憊而驚悸，還有許多士兵躺在崖壁哀號。沒想到一個大石碑的搖擺，竟比白狐攻擊的傷害還嚴重。綠皮勉強爬上一個站立的位置，向上面大喊，上面卻沒有半點回聲。只有寒風吹過山壁，把斷裂的木柴車吹得吱咯響。

「大鷲！大鷲！大鷲出現了！」有一隻躲在山壁的豆鼠士兵大喊道。

一事未平又一波，綠皮驀然大驚。心想這下完了，好不容易才逃過一劫，沒想到大鷲卻在這時來襲。躲在山壁裡的士兵都傻住了，但是沒有援兵下，牠們只能靠手上的彈弓和尖刺，準備孤軍應戰。但這一戰又如何打呢？

站在山壁上的豆鼠更驚心地看到，大鷲來的可不是一兩隻而已。在東邊，天色魚肚白的天空，都塞滿了黑點，像蜂群一樣，密密麻麻而來，牠們嚇得都腿軟了。

豆鼠也不清楚這些大鷲是從哪兒來的。大鷲們似乎早就知道了豆鼠的行動，特別在大清早便群集一起。

綠皮知道現在只有端起武器，拚命和大鷲對抗，要指望上面的豆鼠同伴來救援，或者想其他事都沒用了。於是，在一名副隊長站出來指揮下，牠也跟著躲在山壁的士兵們，拿起一隻被遺落的尖刺，準備抵抗大鷲的攻擊。

大鵟採用輪番攻擊，一列撲過來，接著又一列。掠過一回便往上飛，再往下衝。整個天空像是被蜂群遮滿般。牠們一點也不畏懼山壁上豆鼠們的武器。彈弓所射出來的石塊，雖然擊中了好幾隻，甚至不乏摔落者。但牠們的數量甚至比石塊還多。綠皮也被一兩隻大鵟輪番攻擊了好幾回，所幸山凹夠深，手上還有一根尖刺的保護，大鵟始終無法得逞。但有不少隻還是硬被大鵟的利爪攫去。

紫紅將軍什麼時候才會攻擊呢？綠皮一邊防禦，一邊咒罵。紅毛上回差一點死去，便是在這種情形下，支援並未及時配合。紫紅一定不會管下面豆鼠的死活，而只是在盤算什麼時候才是最好的攻擊時機。綠皮愈想愈氣，牠可不願這樣莫名死去。沒想到這一生氣，反而讓牠更有力量抵抗大鵟持續的攻擊。有一次，牠還差點刺中一隻大鵟的胸部，驚得那大鵟慌忙往下墜，自己都嚇了一大跳。

在大鵟撲飛了好一陣下，豆鼠們又死傷了不少。眼看山壁上下的豆鼠所剩無幾時，崖壁開始有如冰雹般的巨大石塊從空中紛紛飛落。這回換大鵟們像驚慌的小雞，受到雨淋般無處可躲。被石塊打到翅膀的還好。有好幾十隻都是頭部中彈，當場就殞命，急速墜落，摔到山腳下去了。

為了躲避石塊，大鵟最初只是本能地往上飛，但牠們馬上明白，要躲開的唯一方法，恐怕要離開山壁地帶。於是，開始平行飛離，和山壁保持距離。然後，再緩緩上升。這一招果真奏效，石塊打不到牠們了。但大鵟們升到高原時卻遇見了一些怪物。那是牠們過去不曾在高空見過的，紫紅發明的布鳶。

大鵟們愣住了，這些體型不比牠們小的白色怪物正迎面而來。牠們也發現這些怪物，每一隻上面都綁有一隻豆鼠，而這些怪物也都綁有一條線和地面連接。

大鵟覺得十分滑稽而有趣。等觀看了一陣，覺得怪物無害，而豆鼠都綁在怪物上上下不得。牠們覺得機不可失，於是鼓足勇氣便衝了過去，準備從怪物身上把豆鼠們一隻隻掠下。可是，當牠們接近時，那些看來似乎垂死已久的豆鼠們，竟取出彈弓，射出石塊。

大鵟們大吃一驚，紛紛走避，可是距離太近，都來不及飛離，還相互撞在一塊。許多更遭到石塊射中。這些石塊也不像在山壁時遇到的一樣渾圓，每一顆都有稜有角，尖銳如利刃。被射中的大鵟，馬上迸出鮮血。若打到翅膀的還好，猶能勉強支持。被擊中胸部和頭部的隨即往下栽落。栽落到地面的，縱使還活著，馬上也被趕過來的豆鼠殺害。這時，地面下正集中了許多剛才發射石塊的車子，再度向牠們攻擊。

還未受傷的大鵟們，急忙往後飛離。大鵟們以前在天空無敵手，平常飛行便習慣將巨大的翅膀緩緩展開，慢慢繞圈拍離。結果，因為多了這個要命的繞圈飛行。又讓布鳶輕易趕上，有一些豆鼠甚至趕到牠們的前方，擋在那兒等候大鵟們的到來，似乎料準了牠們的這一步。其中有一批為首的就是紫紅將軍。大鵟這才嚇著，沒想到這些怪物竟也能快速跟過來。殊不知，這是地面的豆鼠士兵操作熟練的結果。

紫紅率先取出彈弓，輕鬆地便將眼前發愣的大鵟射落。其他豆鼠士兵也相繼發射出石塊。遭到這一陣射擊，大鵟們又亂了隊形。

等大鵟們想要再上升，或者往下飛竄時，明顯地已經遲了。牠們再度遭到密集的圍剿。又是一陣血腥的殺戮，沾著血漬和血塊的羽毛滿天飛舞。大鵟們紛紛摔落，死傷過半。能夠掙脫豆鼠攻擊火網的，已經不多。

不過，還是有十來隻掙脫到高空去，伺機從上面撲下展開報復。有些駕著布鳶的豆鼠未注意到背後有大鵟撲來，遂連布鳶一起被擊落。紫紅發現這個情形後，急忙要飛行中的豆鼠注意。但大部分的豆鼠未聽見命令，只是各忙各的，繼續和大鵟纏鬥。紫紅正忙著指揮，可不曉得，一隻大鵟已經從牠背後撲上。這隻大鵟可能猜測紫紅是指揮者，突地轉身，向牠飛撲而來。

幸虧紫紅機警，迅速察覺背後有陰影，快速一閃，避開了直接的攻擊，但布鳶還是破了一個大洞，急速地往下墜。其他的豆鼠看到了不免大驚，紛紛停止攻擊，結果殘存的大鵟們得以趁機溜走，一搖一擺地飛離了高原。

紫紅繼續墜落，眾豆鼠都不知如何是好。說時遲，一隻布鳶已經急速飛過去，那布鳶裡的豆鼠伸出援手，把紫紅拉了上去。這才阻止了布鳶繼續墜落的速度。兩架布鳶慢慢地重疊、降落。

到底是誰救了紫紅呢？大夥兒細看，竟是一隻肥胖而壯碩的豆鼠，原來是紅毛！也只有牠有那麼強壯的臂膀，才能捉住紫紅，不至於讓牠掉落。

戰爭終於結束。紅毛興奮地向紫紅豎起勝利之手勢，似乎在說，我們贏了，火熊的仇報了。

紫紅將軍點頭，向牠示意快點降到地面。安然落地後，牠繼續專注地凝視東方。先前大鵟們飛來的方向，整個天空幾乎被羽翼遮蓋得沒有蔚藍天色，如今只剩十來隻，有氣無力地飛離。

高原豆鼠們開始舞蹈、唱歌。紫紅也很高興，畢竟這最後一役打得太漂亮了。但牠隨即想到山壁下方的士兵，馬上又綁上了紅毛的布鳶，再度要採收車將牠放上天空，飛出高原，到崖邊上俯瞰。

紫紅搭上布鳶後，迅速抵達崖壁邊緣。等牠看清崖壁的情形，心頭突地一緊，難過地不忍卒睹。好不容易再強忍著悲傷，繼續視察這個慘狀。

評估了山壁豆鼠的狀況，紫紅覺得這場戰爭最多只是小贏，根本談不上全面勝利。牠當下做了決定，半空收翅，直接從空中慢慢降落，飛到山崖下。高原的豆鼠們大驚，害怕紫紅將軍出了狀況，想要收回藤繩，但是已經來不及了。紫紅已經從牠們眼前消失，落到下方的山壁了。

所幸，山壁的風並不大，紫紅下降時，並未受到亂流影響。牠安穩地落到大石碑附近。上面高原戰事的勝利似乎跟這兒的豆鼠完全無關。這兒有的只是一片屍骨橫陳、哀鴻遍野的景象。活著的，有的不斷嗚咽，有的只是抽搐，也有的還被大石塊壓在下方，急待救援。山壁的情形只有淒慘一詞可以形容了，這哪兒算打贏了戰爭呢？紫紅捫心自問，心頭更加沉重了。當牠接近懸垂的大石碑時，發現不遠處斜靠著一隻肥胖的豆鼠，正抱著一隻豆鼠，呆視著大石碑發愣。牠正是那隻和紅毛一起來的豆鼠綠皮。

「青林呢？」紫紅快步過去，強做鎮靜問道。牠擔心這樣的場面太久了，會影響士氣。如果不好好安撫，恐怕難以對其他豆鼠交代。

綠皮翻開抱著的屍體，讓紫紅看，赫然是血肉模糊的青林。

紫紅大驚，久久無法出聲，勉強問道，「牠怎麼死的？」

綠皮指著大石碑，「藤繩斷裂鬆脫了，它撞過來，把青林撞死了。」

「怎麼會這樣呢？這大石碑必須趕快重綁，不然情況會更加糟糕。」紫紅再環顧四周，眼看四下無熟識的豆鼠，隨即命令綠皮，「好，我現在命你暫時為監督大石碑的指揮隊長。你在這兒召集士兵，等候上面的指示。」

綠皮嘆了口氣，「我能否表達一些感受。」

「快點說吧！」紫紅不耐煩地催促。

「我們只是誘餌而已嗎？」

「當一名戰士，講求的是效忠服從，不是提出疑問，更不應該在這時質疑。」紫紅很不高興。

綠皮可不管那麼多了，繼續直言不諱地說，「沒想到連這樣的場合，我都感受不到將軍的關懷！當我看著將軍勇敢地緩緩下降時，還充滿了期待和欣慰。可是，真是奇怪，這一刻我怎麼感覺，就只能感受到將軍個己的憂戚，並沒有任何對我們這些死傷者的情感。」

聽完綠皮這樣露骨而坦率的看法，紫紅怒氣湧升胸口，氣得琥珀鏡幾乎脫落。綠皮原以為自己性命不保，卻未料到，那紫紅從看似即將狂哮，突然間又冷靜下來，「真希望大森林的豆鼠們都有你這般高瞻的智慧。該抱怨的也講了，現在不少士兵命在旦夕，趕快肩起責任，不要耽誤了大家。」

叄拾伍

打敗了大鵟後，高原上的豆鼠士兵們紛紛把採收車和布鳶等武器往山下運送。紫紅同時調派了一大群豆鼠，重新把大石碑綑綁。現在，牠們有相當充裕的時間可以好好處理了。牠們又花了一個下午的時間，才把所有的東西送抵山腳。但豆鼠們還是無法出發，因為運送大石碑的木柴車已經毀壞，必須重新建造。

紫紅決定當晚在山腳過夜。牠命令米谷的士兵們連夜把十幾輛運糧車拆解，再利用舊料，重新合拼成一輛足以運送大石碑的木柴車。

從山腳開始向東，就是高原豆鼠們不熟悉的地方了。整個隊伍只有兩隻豆鼠有橫越的經驗，那就是大森林的綠皮和紅毛。是夜開會，綠皮也被邀請到會議場和紫紅詳談。

綠皮獲知要和紫紅見面時，以為紫紅還在對早上的事情生氣，等進入會場，看到紫紅和各隊隊長面前攤了一張大地圖後，始知曉是怎麼回事。

「那位先跑掉的菊子，據說攜帶著一張竹簡地圖？」紫紅的問話很直接，顯然，紅毛告訴牠了。

綠皮點頭，「有那張竹簡圖，可以清楚瞭解附近的地理，卻不一定適合單獨旅行。」

「如果真的來到此，不知牠會選擇哪一條路走？」紫紅只在乎路線，似乎完全忘了早上跟綠皮的衝突。

「你能不能也來這兒，畫一條比較適合回大森林的路線？」紫紅央求綠皮。

綠皮看到，從高原東側有一條線，往上繞了一個大圈後才抵達大森林。牠左思右想，也在地圖上畫了一條線，那線直接從高原東側橫越荒原抵達大森林。紫紅看了不禁笑了起來，「沒想到你和紅毛畫的竟然差異這麼大？」

「我會畫一個大圈，因為想的是大軍去的方向，不是菊子要回去的路。」紅毛趕忙解釋道。

「為什麼要繞個大圈呢？」

「走直線過去，中間幾乎沒有水源。如果繞圈沿北邊走，以前和我們同時出發的另一支豆鼠隊伍，並未有缺水的問題。同時，繞北邊走，正好可以追剿剩餘的大鷲和白狐，一舉加以掃蕩。綠皮思考的只是牠自己的旅行而已，所以會有如此大的差距。」紅毛說的另一支隊伍就是黃月帶的。

紫紅點頭，相當欣賞紅毛的意見。

綠皮可不贊同紅毛的說法。然而，紫紅似乎已經同意，牠就未繼續爭辯。反正這是一場跟自己無關的戰爭了，牠如此安慰自己。

未料到，缺耳卻出聲說話了，「將軍，我想這位綠皮一定有不同見解，不妨聽聽看吧！」

紅毛瞪大眼睛，覺得缺耳是故意建議的。

綠皮搔頭，很為難地說，「我會將回去的路線如此畫，並非只是考慮天數的問題，還包括了對其他環境沒有把握，這條直線雖然水源稀少，但只要忍著一些，利用枯樹的塊莖支持，應該可以度過，而且遭遇天敵時，也有地方可以躲禦。」

「天敵？我們的天敵都已經被我們徹底擊敗了，還擔心什麼？」紅毛怒沖沖地反駁道。牠倒不是為綠皮的話而鬧脾氣，而是在氣缺耳故意和牠作對。「再說，那麼多豆鼠，哪來的這麼多塊莖？」

紫紅點頭，決定採用紅毛的意見。為何呢？牠想的可不只是止渴的層次而已。主要是牠不願意進入大森林時，高原豆鼠的軍隊是一副討水喝的狼狽相。牠希望自己的軍隊進去時，各個都是帶著威武的裝備，精神飽滿的形容。再者，牠也希望盡早徹底剿滅白狐和大鵟。

紅毛不知實情，還以為是聽了牠的意見以後，才做的決定。對牠而言，又是一次重要的鼓舞，一次精神上無比重大的勝利。牠覺得將軍愈來愈信任牠，好像把缺耳遠遠踢開了般。

開完會，紅毛和綠皮一起走出來，隨興走到牠們上回遇到小樹林的位置。就在這兒，在無水源時，牠們發現了貯藏水分的塊莖。紅毛想起了從大森林前來的往事。再看看綠皮一副削瘦的形容，就不知自己是否也一樣變瘦了？

牠也突然覺得許久沒有聊天了，今天又特別愉快，「對了，許久未看到你吟詩。最近還有在創作嗎？」

綠皮搖頭，牠的心情依舊不好。在崖壁時，豆鼠們死亡的慘狀，讓牠異常難過。對牠而言，吟詩是生命經過相當沉澱後的快樂之事，沒有平靜之心是不可能有靈感的。像紅毛這樣急躁的個性，根本無法有詩的靈感。牠只是很驚訝，紅毛似乎對詩不排斥，還關心牠有無寫詩了。

「回大森林以後，你放心，我絕對不會在長老會議面前告訴牠們，你有什麼不對。」紅毛也不知又想到什麼，突地解釋。

「謝謝！」綠皮口頭雖這麼說著，其實心裡根本已經不在乎了。剛才被紫紅問到菊子，這才想到，萬一菊子如果有幸能抵達這裡，會不會真的依照自己畫的路線走？

「你在想什麼？」紅毛問道。

「沒有。」綠皮急忙回答。

「回大森林以後，你有沒有想到要做什麼大事？」

「回去？我還沒想到那麼多。」

「做事情總不能沒有計畫，你總該想想看未來應該做什麼？」

「嗯，我是一直在想。只是還未想清楚。」綠皮應付著。發現前方的小樹倒了一棵。牠走過去檢視，赫然發現小樹明顯地被拔起，塊莖也消失了。而且，不只一棵，更前方還有四五株都是同樣的情形。不遠前，還有車痕朝東出發的鮮明痕跡。

這是誰的傑作呢？綠皮高興地差一點跳起來。是菊子！菊子沒死！牠顯然在不久之前經過這裡。紅毛看到小樹時也愣住了。

綠皮又發現，前方有一些奇怪的豆鼠屍體。這些屍體和高原士兵的裝扮截然不一樣，似乎是從崖壁摔落下來的，而且時間不會太久。這又是怎麼一回事呢？牠們和菊子間會有什麼關係？莫非牠還有同伴隨行？

紅毛看到了，遲疑一陣，旋即驚訝道，「難道是灰光？牠們怎麼會在這裡？一定要趕快通知紫紅將軍。」

「灰光？」綠皮驚訝道，「牠和菊子是怎麼一回事？」

紅毛可對灰光一點興趣也沒有，只是對綠皮的問話方式感到不快，「我先問你，你到底是贊成紫紅將軍，還是支持菊子，或者還在相信那個已經死去的大澤的話？」

「我？」綠皮被紅毛這突如其來地一問，竟不知如何回答。「我是站在，站在……」

「哼！甭回答了，我也沒興趣聽。」紅毛看到綠皮如此猶疑，不禁失望地搖頭，「唉，從離開大森林到現在經過那麼多事了，你還是搞不清楚自己的位置。也不知過去在哪裡，現在又在哪裡？不曉得你這一趟出來是為了什麼？」

紅毛說完馬上轉身離去，留下綠皮愣在原地，繼續想著紅毛最後一句話的意思。

菊子沒死，而且又看到了另一些豆鼠的屍體。紅毛研判事態很不單純，必須趕緊報告紫紅將軍。這些屍體應該就是被放逐的豆鼠。沒想到牠們還倖存著。牠們可能和菊子相遇。同時，不知何因，在下高原崖壁時，遭遇了大鵟的攻擊，才會紛紛摔落山腳。但那兒有車痕，很顯然菊子沒出事，而且又朝荒原繼續出發了。

綠皮回到運糧隊休息時，才要闔眼睡覺。一群北方的士兵闖進來，不分皂白，便將牠強押起床，直接帶到紫紅將軍那兒。

「到底菊子是什麼時候離開米谷的？」紫紅開口問。

紅毛果然把剛才的事迅速告訴了將軍。自己的大森林同伴，竟把同伴出賣了。綠皮為紅毛的行徑感到悲哀。

「快點說！」缺耳在旁憤怒吼叫。

「大軍出發前一天。」綠皮不耐煩地說。

「沒想到牠竟然走得到高原的山腳，不知流放的豆鼠還剩多少？怎麼會跟牠碰在一起？」紫紅望著地圖凝思自語，轉而再問綠皮，「菊子如果走的是直線的話，幾天可以抵達大森林？」

「至少要五六天吧？」

「你想菊子是什麼時候離開山腳這兒？」

「不知道！」

「沒關係，反正我們會把牠追回來的。」紫紅繼續凝思，喃喃自語道，「沒想到，牠竟那麼幸運，能夠通過這麼危險的路段。」

「報告將軍，我剛才想過，可能是所有白狐和大鵟都被我們吸引了，牠才會有這樣的機會。」缺耳在旁分析道。

「我的看法和你一樣。」紫紅點頭，轉而向綠皮說，「很抱歉，從今天起必須把你軟禁，只能跟在我身邊，一直到抵達大森林。跑掉一個菊子已經夠麻煩了，我不想再有第二隻豆鼠不自量力地破壞我的計畫。」

綠皮不吭聲了。牠猜想，紫紅現在不處死牠，可能自己還有利用價值吧！

看到綠皮不吭聲，紫紅不禁再問道，「菊子真的認為我去大森林會是一件壞事？如果牠真的回得去，大森林的豆鼠會聽牠的話，抵抗我們的到來？」

「菊子非常受到大森林長老們的倚重，而且不論見識或體力都過人，才會被派出來尋找『歌地』，牠們若不相信菊子，還會相信誰呢？」綠皮回答。

「難道大石碑不能說明過去的輝煌歷史？難道你們真的不給我們一點機會，一起攜手開創未來？」

「問題並不在那兒。」

「那是什麼呢？」

「在你──」綠皮有點不好意思說下去，轉而提到另一個理由，「或許大森林的豆鼠已經不想恢復過去的傳統，我們已經變了，我們要的只是找另一塊森林，可以替代，或者一個可以解決目前森林環境消失的對策，而不是等待另一個強大的豆鼠世界。」

「這是一體的，希望大森林的豆鼠不像你這樣難以溝通。」

綠皮不吭聲了。

「從現在起，你必須做我的嚮導，不論何時都要跟在我附近。除非我允許，不准隨便離去。」

綠皮心想，只能走一步算一步！但紅毛呢？

「你是不是在想紅毛？」紫紅一眼就看穿牠的心思，「紅毛很擔心菊子的安危，所以先出發去尋找牠了。」

捉了我，還會去救菊子？綠皮在心裡冷笑，現在綠皮只相信自己眼前所見的。

紫紅將軍一邊命令紅毛去搜尋菊子時，一邊也急切地等著將大石碑綁妥，裝上新建的木柴車。菊子的蹤跡打亂了原先的規畫，紫紅決定更改路線，直接朝東行進。

參拾陸

紅毛率領的先鋒部隊快馬加鞭，行軍的速度超乎前兩天，除了在正午天氣炎熱時休息，牠們幾乎是三步併做兩步在趕路。

當紅毛檢視高原山腳下的塊莖和足跡時，便大膽研判，菊子最多只領先一天的路程，而且是單獨回去，並沒有其他豆鼠陪伴。

牠和紫紅討論時，都無法瞭解灰光和菊子之間是怎樣的關係，最有可能是兩邊合作，阻撓高原豆鼠的遠征軍。但灰光的部下不多，無法和紫紅對抗，也不可能回到米谷掌權。畢竟那兒還有長老們在鎮守。紫紅比較擔心的是萬一紅毛錯看足跡，而灰光陪著菊子回到大森林就麻煩了。

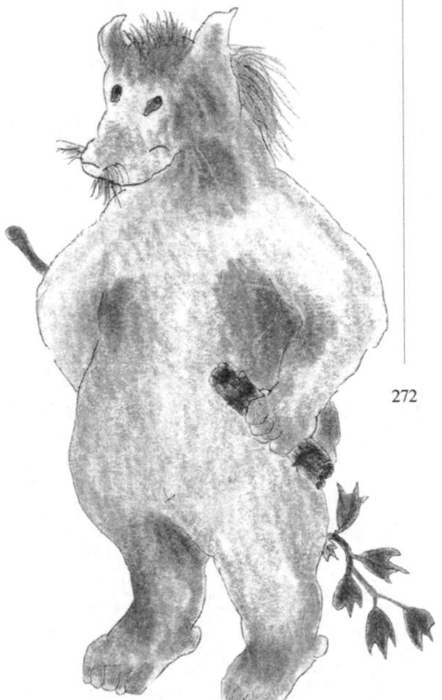

紅毛相當有把握，一定可以在菊子趕回大森林前，將牠攔阻，帶回紫紅將軍那兒。牠覺得較為難的是，萬一菊子執意不肯呢？紫紅將軍曾經這樣問牠。

想到可能要訴諸武力，才能捉回這位曾經一起冒險犯難的同伴，紅毛的內心確實有些煎熬。牠沉思了許久，對紫紅堅定地說道，「為了整個豆鼠世界的將來，我必須做出正確的抉擇。什麼是該做的事，我心裡明白。我一定會將牠帶回。」

話雖是這樣說，一直到率隊離開山腳後，過一天了，紅毛依舊在為如何面對菊子而掙扎。屆時遇到菊子，如果菊子真的不從，怎麼辦呢？

菊子已經通過最危險的路段，返回大森林幾乎可期，難道會屈從，跟自己再回到紫紅將軍身邊？不可能的！紅毛深知，要面對的是一個會頑強抵抗的，持著銳利尖刺和自己對峙的菊子。屆時，恐怕必須和這位大森林的同伴進行生死的對決，甚至付出生命。這命運怎麼這樣安排呢？真教牠矛盾而痛苦。紅毛不禁喟嘆時運之難為了。

紫紅將軍的研判果然沒有錯，一路上，紅毛都未再遇到任何白狐或大鷲了。這兩場大戰下來，豆鼠已經把這兩種動物趕走了。離開高原的山腳後，天氣愈來愈熱，尤其是進入荒原的沙漠以來，習慣陰涼天氣的高原豆鼠們，幾乎都快吃不消。牠們被迫大膽地放棄大半輜重。

可是，有一件事卻讓紅毛驚喜萬分，隔天午夜，牠們發現了單獨而新鮮的豆鼠足跡，這表示菊子就在不遠的前方。同時，小運糧車也被遺棄在半途，正是米谷製造的。那小運糧車還剩有一些乾癟的扁豆，也有一兩塊塊莖。會把食物遺棄在車上，這是為什麼呢？

紅毛研判，菊子顯然也被這種天氣曬得受不了，不得不放棄大部分的食物吧！

紅毛更賣力地帶頭在前，加速追趕。天將明時，紅毛終於看到，遠方靜謐的沙丘上，有一個肥胖的黑影盤坐著。是菊子沒錯！牠正在那兒休息。

紅毛並未馬上過去逮捕菊子，而是繼續潛伏。反正已經追上，不急於這一時。牠也很擔心萬一被菊子發現了，不顧一切脫逃，反而不易再追上，甚而奔回大森林。這是有可能的，因為剛才對照地圖時，發現距離大森林只剩三天不到的路程。紅毛希望捉牠個措手不及。

紅毛遂把部隊分成兩股，繞了大圈，悄悄地包圍了菊子孤坐的沙丘。在包圍沙丘時，紅毛曾想過，其實這時如果牠和菊子合作，一起回大森林，只是舉手之勞的事。牠們都會變成大森林的英雄。可是，牠也深深自責，怎麼會有這種自私的念頭，太對不起紫紅將軍了，何況這是多麼愚昧而短視的做法！

參拾柒

又趕了一個晚上，天也快亮了。幽微的月光下，菊子盤坐在沙丘上，待會兒又要找一個可以隱藏的地方休息。離開米谷以來，沒想到這一路竟然幾乎都未遇見白狐和大鵟，讓牠覺得真是不可思議，而又幸運。

唯一一次碰到大鵟，是在高原的崖壁。當灰光等一群流亡豆鼠強迫牠一起攀爬時，連牠也未料到，天未明，大鵟便大群集結於峭壁上。

牠一點都想不透為何如此，莫非是大鵟們也知道，高原豆鼠即將到來，所以在那兒集聚，而牠們正好成了領頭的替死鬼。

說來荒謬，菊子想到自己能夠跑到這兒，還真要感謝大鵟呢！如果不是牠們攻擊流亡豆鼠，牠根本沒有機會逃走。當時，牠趁著流亡豆鼠忙著抵抗大鵟，兵荒馬亂時偷偷地溜下來，直奔大森林的方向，追趕黃月。

牠追趕沒多久，就追上推著車子的黃月。

黃月再怎麼料，也想像不到菊子竟會追上。兩個探險隊長，在沙丘稜線上展開一番惡鬥。

菊子氣急攻心，尖刺未捉穩，胡亂地追打。黃月有些心虛，忙著應付。不知為何，兩把尖刺竟同時脫手而出，掉落到下方的凹地。黃月見機不可失，率先衝了下去，菊子想跟，一個踉蹌，不小心絆倒自己，再起來時，黃月已經取得尖刺。

菊子心想慘了時，黃月卻發現為了取得尖刺，牠竟陷入流沙裡。

菊子衝過去，小心地取得另一把尖刺，同時把掉落到旁邊的竹簡挑起。再轉回頭，想要救黃月時，已經來不及了。牠伸出尖刺，但只能眼睜睜地看著黃月隱沒。

菊子拎著尖刺走回沙丘，茫然地癱坐在沙漠上。同樣來自大森林，都為了尋找另一個美好世界，牠們竟無法溝通，甚而翻臉，爭得你死我活。黃月的離去，讓牠頗感遺憾，但已經盡力了。

呆坐了許久，再望著手上的竹簡，牠不禁嘆口氣。原本抱著無法回大森林就必死的決心，經過重重危險，如今再從黃月手上奪下竹簡，許多非比尋常的意義又增強了。

返回大森林後，無疑會被視為英雄看待。那是多麼無上的光榮，牠知道無論如何都要活下去！再檢視那竹簡上的地圖，路程可能剩不到三天，心頭不禁漾起了愉悅。

取出身上最後一個塊莖啃咬時，突然間也想起綠皮。對黃月，牠毫無自責，但對綠皮，頭一次覺得很對不起牠。綠皮是那麼善良，而自己卻將牠刺傷，不知現在牠又如何了？可是，牠也未免太懦弱了，沒有責任感，竟完全忘了對大森林的本分。

紅毛更是糟糕，居然還臣服那紫紅將軍，完全看不出紫紅狂悖的野心。牠非得把這詳情告訴長老們，趁高原豆鼠還沒到來之前，做好抵抗準備。但牠嚴重懷疑，高原豆鼠真能打敗大鵟和白狐？大森林的豆鼠百年無法解決的敵害，小小的米谷又如何能擊敗呢？

還是回到正題吧，回大森林後，應該如何演說呢？牠開始思考如何敘述自己一路以來的冒險，想到長老們瞠目結舌的驚奇，想到自己被視為英雄的那種氛圍，牠難免有些陶醉。一輩子的豆鼠歲月，啊，恐怕接下來會是最風光時。

突然間，背後有動物接近的腳步聲。

牠機伶地驀然轉身，順手取起尖刺，低伏，準備對付來襲的動物。一路驚險，牠早就練好抵抗的功夫。

白狐嗎？牠緊張地細瞧，注視著黑暗中腳步聲的方向。

果然有一個白色的影子慢慢晃動著，向牠慢慢接近，可又顯得有某些顧忌，只是在旁兜踅、觀察。大概是怕尖刺的銳利，因而不敢欺近吧！菊子雖慶幸自己備有武器，卻也暗暗叫苦，那白狐躲在暗中注視，牠卻赤裸裸地站在月光下，無計可施。

等了許久，菊子都快忍受不住了，那白狐依舊未攻擊牠，似乎在等菊子精神渙散時，再趁機撲過來。這隻白狐一點也不像菊子所熟悉的那樣莽撞。

天色魚肚白了，大概太疲憊了，菊子突然眼神發黑，就在牠分心時，那白狐一躍而上。菊子根本來不及將尖刺刺過去，就被白狐以爪拍落。菊子慌忙一閃，滾落沙丘腳，又去拾取掉落的尖刺。但那白狐呢？竟然不見了！奇怪了！怎麼會有這種白狐呢？

等再看清時，赫然發現自己四周都是豆鼠。牠大喜過望，還以為是大森林的豆鼠趕來救牠，驚走了白狐。但定睛細看每一隻豆鼠身上都持有尖刺，而且都是精瘦慓悍的樣子，不禁嚇了一跳！接著，感覺背後有腳步走近，牠急速轉身，赫然看見了紅毛！

「好久不見了，菊子。」紅毛微笑著向牠打招呼。旁邊還跟著牠的侍衛輕毛，手上正持著假扮白狐的白布皮。紅毛微笑道，「沒想到你精神還那麼好，居然能撐到天明。」

「你來幹什麼？大森林的背叛者，還不快點投降。」菊子緊握著尖刺，對著紅毛威嚇道，不准牠再接近。

「想請你去見紫紅將軍。牠就在不遠的地方。」

「哼！要見我，沒那麼容易，等我回大森林再說。」

「很抱歉，我不能讓你先回去。」

「你憑什麼不讓我回去，你是不是受到那穿一身奇怪衣服的野心家的影響？」菊子破口大罵。

紅毛繼續逼近。

「難道你忘了，我們的目的？當時我們為何冒險？就是為了有朝一日能夠帶著好消息回大森林。現在我們已經獲得，大森林也快到了，難道你忘記了？」菊子淒厲地吼道，試著動之以情。

「正是因為知道，所以更不能讓你回去。」

菊子知道說不通，決心一拚高下，「廢話少說，如果敢在我面前阻擋，就請你吃我一刀。」

「你真是冥頑不靈。」紅毛了然苦笑。

菊子眼看紅毛還在笑，憤怒地叱責道，「你這個大森林的敗類，貪功近利，只想當高原豆鼠的隊長，我回去一定會跟大森林的長老們報告。」

紅毛原本想以禮待之，所以講話盡量低聲下氣，但未料到菊子依舊是一付臭脾氣，還如此羞辱牠。牠再也忍耐不住了，「哼，你這個糟糕的傢伙最自私了，連自己的同伴都敢傷害，綠皮又礙著你什麼事，竟然想置牠於死地。本來還想對你客氣，你既然不知自愛，就怨不得我了。」

那菊子一聽，羞惱成怒，可不等紅毛說完，忽地就刺了過來，所幸紅毛閃得快，俐落地撩落菊子的尖刺，接著縱身一個魚躍，撲了過去，硬是把菊子撲倒在地，雙雙滾到沙丘腳下。但那菊子也不知那兒來的神力，迅速躍起，從一名接近的豆鼠士兵身上搶到一根尖刺，順勢刺向紅毛。

紅毛仍持尖刺，一邊躲閃。基於友情，在回擊時有些顧忌，結果，一個不小心，手上的尖刺竟被旁邊藤繩纏住了。菊子趁勢攻過來。情急之下，牠只好捨棄尖刺，大腳揚出，一個抬腿踢中菊子的胸口。

菊子悶哼一聲，暈倒在地。紅毛靠過去，怎知菊子是佯裝的，從脅下抽出一把小尖刺，刺向紅毛。但紅毛眼明手快，不等菊子施逞，搶了過去，反戳向牠。

叁拾捌

紫紅帶著缺耳和綠皮登上一處小丘，遠眺著地平線。那遠方的地平線上正有灰塵靄靄，團團翻滾。在灰塵之前，有一支小隊伍朝紫紅一行佇足的小丘奔馳。

「綠皮，你看那地平線的灰塵是不是大森林的豆鼠？」

「大森林的豆鼠從來不會走入荒原的。牠們認為荒原是白狐和大鷲的世界。」

綠皮語中帶著嘲諷之意。紫紅將軍當然聽得出來，真想教士兵把牠捉到後頭解決，但現在還用得著牠時，故意裝作沒聽到。

「奇怪了，紅毛早應該回來了？」紫紅突然覺得，現在特別仰賴這位來自大森林的豆鼠。

奔馳回來的小隊伍，趕到了紫紅面前。一名隊長趨前報告，「報告將軍，是白狐和大鵟的混合族群。集聚的數量頗為可觀，牠們明顯地擋在我們前往大森林的去路上。」

「從山腳走了兩天，又要打仗了。這樣也好，剛好一起解決。」紫紅將軍不解大鵟和白狐為何還有這麼多數量，但牠依舊信心十足。

「將軍，白狐和大鵟開始移動了。」缺耳在旁叫道。

紫紅再凝視遠方，喟然道，「讓牠們接近一點再說。」

白狐和大鵟這兩種動物平素互不往來的，為何現在會結合在一起？莫非是經過豆鼠痛剿之故？這是紫紅心裡最大的隱憂，但牠相信自己擁有優勢的武力。再者，兩種動物會結合，顯見牠們已經窮途末路了。

「牠們快速過來了。」缺耳再叫道。

紫紅仍在觀察、評估情況。等大鵟再飛近了，牠才下達命令，「部隊形成方陣，準備應戰。」

高原豆鼠在命令下，隨即形成一個大矩陣，布鳶和採收車都集中於矩陣中央。綠皮嚇了一大跳，沒想到豆鼠竟能這樣快速有序地作戰部署，不禁為紫紅的軍事才能感到佩服。

說也奇怪，當豆鼠完成部署時，那白狐和大鵟的軍隊竟在不遠前停止了前進。白狐群只顧在地面來回跑動，大鵟則緩緩在天空上盤飛。

這樣的僵局下，豆鼠們更有機會仔細看清眼前白狐和大鵟的數量。「真奇怪，牠們打了兩場敗戰，怎麼還會有那麼多？」缺耳也有同樣的納悶。

「什麼樣的豆鼠，就會有什麼樣的天敵。這兒是牠們的領土。當大批豆鼠集聚荒原，牠們當然會想盡辦法結集更多族群來保護自己的領域。何況，知道豆鼠的力量變強了，不同的動物自然會結合在一起。」綠皮分析。

「烏合之眾再怎樣團結都一樣。大決戰現在才要開始呢！」紫紅嗤鄙道。

「牠們為什麼不進攻，在等待什麼？」缺耳開始不安。

「牠們是害怕我們的布鳶和採收車吧！」紫紅微笑著，一邊看天空，再看豆鼠們豎立的旗幟，突然大驚道，「糟糕！沒有風，布鳶升不上去了。」

不只紫紅將軍，大鵟顯然也察覺到天空已經沒有風，迅速飛到豆鼠的上空，準備撲下來襲擊。

豆鼠們紛紛把石塊往上射，但大鵟們飛的位置很高，結果所有石塊，都往下落，反而擊中了豆鼠自己，死傷了不少隻。大鵟們明顯地在引誘豆鼠們盲目地把石塊射光，讓白狐攻擊時，不會遭到石塊的攻擊。

「停止射擊，快點教所有士兵把尖刺綁在背上。再縮小陣地！」紫紅急得大叫，自己也趕入陣地之中。

綠皮十分好奇，這樣有何用呢？隨後牠才恍然大悟。原來士兵們把尖刺綁在背上，再縮小陣地後，猶如形成了一片荊棘之林，像一隻森林裡密不透風的大刺蝟。大鵟們更不敢飛下來，有一兩隻大概是年輕的，試著大膽掠下，馬上遭到尖刺刺傷，並且被蜂湧而上的豆鼠殺害。

大鵟們無從攻擊，不得不飛降到旁邊的枯木林休息。但白狐群似乎已經按捺不住，群集衝過來。紫紅馬上下令陣地最外圍的士兵操作採收車，全力射擊，大量的石塊接連落在白狐陣營當中。白狐隊伍大亂起來，最後不得不往後撤退。未料到，撤退時，後面也掀起一陣大亂。發生了什麼事呢？

原來，紅毛率隊趕回來了。牠們的數目雖少，由於速度奇快，加上出乎意料之外，白狐們根本搞不清楚狀況，還以為是像上回的包圍戰術，整個亂成一團。紫紅趁機指揮豆鼠兵分兩路，一方面繼續向前攻擊，衝向白狐群，另一支則攻擊休息中的大鵟，殺得白狐和大鵟落荒而逃。

紫紅相信白狐和大鵟還會再回來，因為牠們並未損失多少，只是戰術失敗而已。牠們會在更前方重新部署，等著和豆鼠再一次決戰。

這次白狐和大鵟的緊密合作，已經告知了，牠們知道高原豆鼠的意圖。無論如何，都會卯盡全力，阻擋高原豆鼠和大森林豆鼠結合。

回到陣地後，紅毛馬上把菊子帶到紫紅的面前。菊子走起路來，一拐一拐，大腿明顯地受了傷。那是剛剛被紅毛刺傷的。菊子被活生生逮回，紫紅當著眾隊長面前把紅毛誇讚了一番。

之後，紫紅將軍馬上審問菊子，「你認為回去能夠說服大森林的同伴，阻止我進去嗎？」

「會的，我們不可能相信一個長相不肥胖的豆鼠，有一天突然進到我們的森林，跟我們描述一個『偉大』的願景，然後，要我們去打仗。我們永遠不相信，戰爭可以解決大森林豆鼠現在面臨的危機。」

「這就是高原豆鼠能在惡劣環境創造米谷和北方森林，而大森林卻快要滅絕的原因。唉！看來我們之間是不可能達成共識的，但我又不能讓你回去造謠生非。你說我該怎麼辦？」

「殺了我吧，教紅毛再補我一刺便可，能夠死在自己同胞的手裡，這是我現在唯一

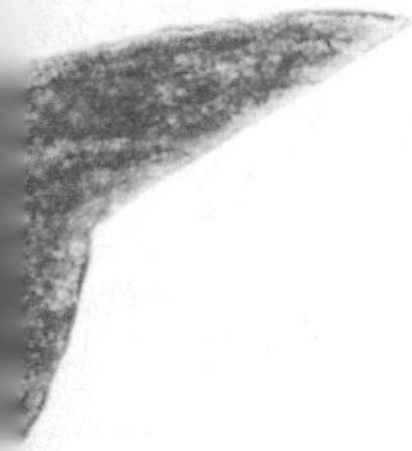

的心願了。」菊子大吼時，故意斜眼看紅毛。

紅毛低著頭，故意沒看到，手裡拎著從菊子身上搶下的竹筒。

面對這樣頑固的傢伙，紫紅將軍也無可奈何。只得暫時把牠綑綁，羈押在旁。牠還拿不定主意如何處理，說不定進入大森林時，還用得著呢！

菊子被綑綁後，看到綠皮站在旁邊，原本想跟牠道歉，順便告知黃月的事。但綠皮似乎不知所措，一付事不關己的形容。牠愈看愈生氣，也不想搭理了。

參拾玖

清晨時，白狐和大鵟又再度結集於遠方的地平線，朝豆鼠的陣營緩緩逼進，即將發動下一波的攻擊。豆鼠也把布鳶和採收車備妥，準備進行最後的對決。一場大戰蓄勢待發。

一陣陣滾滾的風沙，不斷地吹向高原豆鼠的陣營，每隻豆鼠臉上都沾滿了沙粒，彷彿歷盡了千里迢迢的跋涉。白狐和大鵟們也在風沙裡緩慢地前進，直到風沙停歇。荒原再度被死寂籠罩時，白狐和大鵟們已經抵達另一個山坡，和高原豆鼠們遙遙相對。

紅毛陪紫紅站在一處小丘上觀望，「這麼久了，牠們為什麼還不攻過來？難道忌憚我們的武器？」紅毛問道。

「我也覺得真奇怪，牠們到底在做什麼呢？」紫紅百思不解，頭一次面對這樣的情

形，牠開始不安起來。

牠們因這樣的氣氛，不約而同地互望時，一名豆鼠士兵氣急敗壞地衝上前來，「報告將軍，不得了，一群白狐從後面襲擊，正在攻擊運大石碑的木柴車。」

「什麼？攻擊木柴車！」紫紅聽了大驚！白狐群為何這時攻擊木柴車？難道要搶大石碑？紫紅馬上叫缺耳代理指揮，自己親自率領紅毛和一群士兵趕往後頭援救。

前幾天大軍上抵高原時，紫紅原本盤算，大石碑能吸引白狐群的攻擊，結果對方不為所動。想不到，這回卻動起了腦筋。紫紅一邊跑，一邊思忖，白狐愈來愈精明了，一定要盡早殲滅。

豆鼠隊伍掀起小小的混亂，綠皮看到紅毛衝下小丘，帶著先鋒部隊緊跟在紫紅後頭。牠知道後頭一定出事了，隨即機伶地跳上紅毛的木柴車，趁機取走竹簡，再跑去搶救菊子。

菊子看到綠皮前來營救，而且還將竹簡交還牠手中，甚是驚喜。綠皮幫牠把繩索鬆脫後，一起混入救援的隊伍裡面，準備伺機逃離。

此時，菊子才相信綠皮是牠唯一可信賴的隊員，一邊跑，牠把黃月並未罹難，跟流亡豆鼠結合，還跟牠決鬥，不小心掉進流沙等等事情，全部告知了綠皮。

菊子又恢復了活力，腿部雖有傷，卻完全不礙跑步。相反的，牠想到大森林在望，如今竹簡再度失而復得，整個身子變得比任何時候都輕盈。

綠皮聽到黃月還活著，自是驚訝。再聽到菊子和牠決鬥，頓時有些震懾。牠的步伐逐漸沉重，竟有著不知如何跟菊子一起跑下去的心情。

同樣是大森林來的豆鼠，為何最後是自相殘殺呢？牠不懂，也害怕起來，愈加覺得自己不屬於這種戰爭。

肆拾

紫紅將軍心急如焚，一路朝木柴車奔去。但遠遠地，看到白狐們打敗了護守大石碑的豆鼠士兵，搶走了木柴車，不禁暗自咒罵缺耳的調度，為何只派了少數的士兵看守。

白狐們似乎準備把木柴車推往一處沙丘。牠們或許不知道大石碑的功用，卻察覺了它對豆鼠的意義可能很大，於是決定加以毀滅。

白狐力氣甚大，不過十來隻便能推動木柴車。所幸，紫紅和紅毛率隊趕到。紅毛眼尖，一眼便看出白狐的企圖，大叫道，「快點阻止。沙丘另一側有許多流沙。不能讓木柴車朝那兒去！」

趕過來的豆鼠士兵們，儘管只帶了尖刺和彈弓，可都是高原豆鼠裡體力最好的戰士。牠們一聽紅毛這樣說，毫不慌亂地往沙丘衝過去。未料到，中途卻有另一群白狐趕到。兩方遂混戰成一團，到處是殺戮的慘叫之聲。

綠皮和菊子跑得慢，被先鋒部隊甩得老遠。其實，這樣正符合綠皮的意圖。但綠皮卻未馬上溜走，遠遠地看到木柴車被白狐搶走，牠不免也關心起來。反倒是菊子不停地催促，準備往另一個方向跑，但後來連牠也不禁停下來了，往沙丘的方向望去，因為木柴車已經快抵達沙丘頂端了。

未料到，就在這一剎間，不知哪來的一隻大鵟，從空中直撲而下，朝落單的牠們攻擊。

大鵟雙爪一伸，綠皮本能地閃躲開，菊子原本就受傷，行動慢，自是閃避不及，硬是被大鵟往上逮去。綠皮急忙擲出手上的尖刺。雖是慌張亂投，竟也擊中了大鵟的腳爪。那大鵟痛得鬆了開來，菊子和竹簡都從空中墜落。跟上回在高原時一樣，崩然落地。綠皮趕過去時，菊子已經昏迷。

綠皮叫了好半天，才推醒牠。菊子勉強睜開眼，想爬起，卻動彈不得。好不容易稍起身，又痛苦地躺回地面。緊接著，乾咳不斷，最後竟吐出鮮血。

「我不行了！我不行了！」牠意識到自己已回天乏術了，不斷抖顫著喃唸。最後，緊抓著綠皮的手，努力張開口。吃力地迸說，「我，我的，那個竹簡。竹簡一定要帶回大森林，讓牠們知道我，我把任務完成。完成了。」

「家就快要到了，你一定要撐下去！」綠皮不斷安慰牠，硬是逼牠不能闔眼。

菊子對著牠搖頭苦笑，「太遠了，太遠了！」勉強說出這幾個字，猛然斷氣了。

「太遠了！到底是哪個方向太遠了呢？」對菊子或許是只有一個方向，對綠皮而言，卻不盡然。

綠皮愣在原地好一陣，看到竹簡掉在不遠的地方，遂走過去撿拾。原先，牠還想和菊子一起溜回大森林。菊子這一死，牠覺得任務好像也告結束，想回去的意願反而減低了。牠茫然地望向遠方，握在手上的竹簡竟不知如何處理。這時，沙丘又傳來廝殺聲。

綠皮朝那兒看去，紫紅將軍和四五隻豆鼠，已衝破第二群白狐的阻擋，留給紅毛等豆鼠去戰鬥。牠兀自挺著一隻尖刺，往木柴車追去。但那些推動大石碑的白狐群裡，又有幾隻跑過來迎戰。其他的則繼續努力地把大石碑往前推送。

紫紅一馬當先，刺倒了為首的白狐，大吼著向前衝。看到紫紅迅快趕至，好幾隻推車的白狐又急忙回頭應戰。只剩四五隻，吃力地推著木柴車前進。接著，紅毛又率領一群豆鼠突圍而至。白狐們終於顧不得木柴車，全部回過頭來抵擋豆鼠的攻擊。可牠們全忘了，木柴車尚未停妥。

那木柴車轉而下滑，迅速往回衝，發出轟隆聲。打鬥的白狐和豆鼠們都愣住。還來不及會過意，木柴車已經衝至，首當其衝的白狐群若未直接斃命，也被大力碰撞，彈空而摔死。

眼看木柴車衝過來，紫紅將軍機警地閃躲到一旁。怎知，大石碑竟在這時掙脫了粗大的藤繩，從木柴車往外斜出，終至崩落。

不幸的事終於發生了，大石碑如一塊飛崩的大落石，直撲向紫紅。任憑紫紅再如何敏捷，大石碑還是將這位披著斗篷的將軍撞倒在地。大石碑繼續滾落，又有好幾隻豆鼠被輾死。

任誰也沒想到，大石碑翻滾得如此劇烈，它不斷翻，竟朝綠皮和菊子的方向滾去。綠皮急忙撲倒在地。悚然感覺，大石碑帶著一股陰陰的森冷，從旁側龐然掠過。綠皮幾乎透不過氣。好不容易睜眼，那大石碑仍在前繼續滾動，滾、滾、滾，最後擱淺在一處流沙地。斜斜地豎立在流沙裡，慢慢地沉沒了。

紅毛和豆鼠士兵們顧不得大石碑了，急忙趕到紫紅身邊。紫紅喘著一絲氣息，努力撐起身子，推開豆鼠們，不死心地盯著陷在流沙地的大石碑。指著它大喊，「快！快！快去救！」

但事實擺在眼前，無可挽救了。這個辛辛苦苦從米谷搬運而來的百年古蹟，正慢慢地自地面上消失。這個最後的場景，讓紫紅目瞪眥裂，心力交瘁。不甘願啊！牠激動地顫抖著。霍的，大吼一聲，狂吐鮮血，昏倒在紅毛懷裡。

紅毛激動地大喊將軍。但紫紅再醒來時，已經無法言語了。牠努力地伸出手，只是指著大森林的方向。然後，緩緩摘下琥珀鏡，交給紅毛。再示意旁邊的侍衛卸下斗篷，交給紅毛穿上。

紅毛驚訝得當場愣住了。怎麼會這樣呢？牠從未想過有這麼一天，紫紅將軍竟會把兵權交給牠，一個來自大森林的豆鼠，要牠繼續帶領高原豆鼠前往大森林。

紫紅為何不把這個指揮權交給缺耳呢？而是一個外來者呢？

「將軍？」紅毛正欲開口。

那紫紅似乎知道牠要說什麼了，搖手示意牠不要說了。接著，對牠苦笑後，再也未醒來。紅毛繼續發愣，但其他豆鼠士兵已經向牠敬禮。

輕毛也上前向紅毛大喊，「報告將軍，戰爭還在前方僵持，請盡快回到前線帶領我們作戰吧！」

「好，」紅毛愣愣點頭，但隨即恢復機警之心，迅即發布第一道命令，「告訴缺耳隊長，紫紅將軍已經戰死，且將指揮權交付我。請牠傳令下去，準備向白狐和大鵟展開猛烈攻擊。我馬上趕到！」

交代完命令後，牠戴起琥珀鏡，披上斗篷，走下沙丘。綠皮遠遠看著紫紅死去，紅毛成為將軍，也傻住了。

紅毛將軍！紅毛變成將軍了，牠仍無法相信眼前的事實。從綠皮的距離遠眺，那紅毛像是一個更大的紫紅。

當紅毛帶領高原豆鼠緩緩走下來，經過綠皮身邊時，看到了橫躺在旁的菊子的屍體，並沒有什麼反應。只是默默地站了一陣，又匆匆啟程。留下錯愕的綠皮，還愣在原地，彷彿還沒清醒過來。

紅毛又走了一小段路，才回過頭跟綠皮問道，「你還要回大森林嗎？」

綠皮不知如何回答，急忙走過去，把竹簡交給紅毛，「請將軍把這個東西帶回大森林，告訴當地的長老，就說曾經有三隻豆鼠到達過米谷，牠們留下了這份紀錄。」

綠皮搞不清為何自己突然有這樣的舉措。

紅毛握著竹簡，不太清楚它為何又落到綠皮身上，但那似乎已不重要，牠已經要回家了。想到一路以來的風雨，不禁嘆口氣道，「好！等我率軍隊入林，我會告訴牠們，有一位英勇的隊長叫菊子，是牠完成了這個竹簡。至於你……」

紅毛遲疑了一陣，突然發現綠皮正在離去，但不是朝大森林。

「你要去哪裡？」紅毛困惑地追問道。

「往西走！大概去米谷吧！也可能往更西的地方。」綠皮順手撿起了一隻尖刺。

「往西還有森林嗎？」紅毛叫道。

綠皮聳聳肩，一付無所謂的樣子。

「保重了，路途還很長呢！」紅毛朝綠皮大聲說。

綠皮走了一陣，驀然回頭，想說什麼，但紅毛已率隊遠去。

看著背影愈來愈小的紅毛，還有更遠方，滾滾的風沙裡，一場大戰即將爆發。牠再看自己即將投奔的地平線，浮雲徐走，下方彷彿有一個詩的國度。牠感慨萬千，不禁再悲愴地吟哦：

讓我和戰爭彼此遺忘
各自在自己的世界流浪

不只是豆鼠

朱惠菁

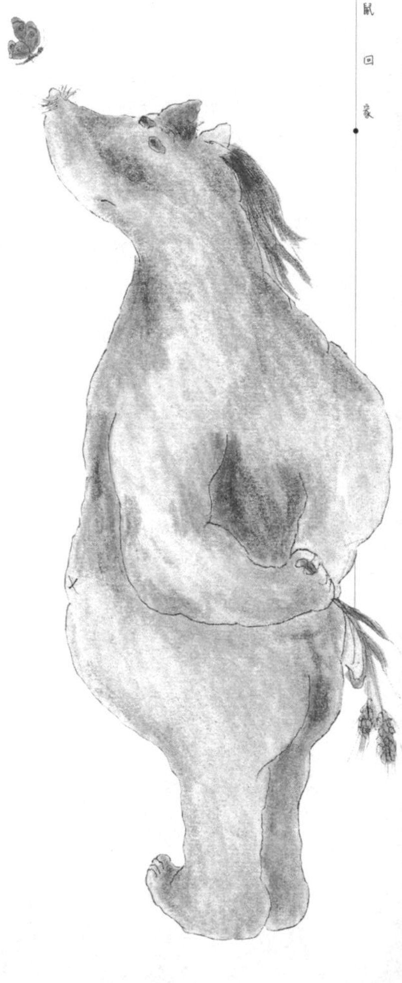

偶爾，生命會出現滯礙，只能遲緩地過著。就是在那樣的時候，我邂逅了豆鼠。

那是一九九九年，升研二的溽暑。我放棄了先前的論文題目，準備向動物研究靠岸。在圖書館尋找資料，枯窘地思索新的方向時，偶然發現了《扁豆森林》等三本以豆鼠為主角的小說。「嗯，作家真會胡思亂想，和我面對的動物世界實在差很大。」

那時心頭淡然一笑，彷彿人生的擦肩而過，豈知，這小動物並未自我生命淡出。如今豆鼠小說重新出版，由我負責主編。在這十二年間，我也幸運地遇見人生同道，締結了姻緣，和克襄及他初婚生養的兩名男孩一起生活了好些年。

入住男生宿舍後，我發現兄弟倆感情很好，最興的娛樂似乎是說故事遊戲。如果不遏止，他們應當可以說到天荒地老吧。漸漸地我才理解，那是他們或援引卡通人物，或斟酌電玩主角，或複製經典英雄，自個兒幻想劇情，發展出來的「真人版電玩遊戲」。不是握著機器打電玩，他們以說故事的方式，在自己編造的遊戲情境，過關闖將。

後來哥哥告訴我，他和弟弟會發明這種玩法，可能啟蒙於兒時，睡前聽爸爸說豆鼠故事的經驗。

兄弟遊戲時，主講人通常是弟弟。表達欣賞、喜歡的事情，他向來惜話，「還可以」即等同於良級。唯有兩件事，他願意敞開心懷，直接稱許褒美，一是爸爸烹煮的咖哩飯，再者就是豆鼠系列故事。「為什麼不再出版豆鼠的書？」自從我編克襄的書，他三不五時出聲催促。

原來他一直在豆鼠世界裡流連。這個青春期神態冷然的孩子，其實偷偷藏著童年。在他丟棄的創作本裡，我們讀到米谷、紫紅等名稱。他把豆鼠故事裡的一些素材，乾坤挪移到自己的異想世界。

我有點失落、忌妒，又頗欣慰。即使只有父子三人一起生活，他們還是能盈滿地長大吧。曾經多少擔憂，兄弟倆國高中歲月，和克襄的相處時間驟減，話語也疏落。出差錯，溝通對話時，克襄的終點也永遠早於我。他總是明快地獲得結論，離席埋首工作。而我猶不罷休地和孩子層層抽剝。表面上我和他們相處的時間較多，又經常滔滔不絕，發表生活見聞、感慨，可我終於理解，那就是男人的真情與信任。至於克襄的信念，淡泊權勢、簡單生活、思索自然，在孩子幼年聆聽床頭故事時，似乎便已偷渡傳承。父子情誼雖隨世事紛擾而冷卻，但只是暫時凝結，並未消蝕。

不消小兒請命，我們早有擘畫，將其中的第一本，《扁豆森林》重新出版，納入「劉克襄動物故事」版圖。虛構的生物，重度擬人化，族群殲滅另一族群的情節，造就豆鼠系列「特異的體質」。是否為動物小說，歷來專家學者各有見地。克襄不想畫地自限，他認為動物小說不必然是實際存在的生物，作者運用自然生態知識，創作新的生物，豐富了此類書寫的面向。何況自然平衡、物種共存的思索，是豆鼠故事不可或缺的內涵。

《扁豆森林》現以《豆鼠回家》之名重新出版，除了文字大幅修潤，克襄還親自繪畫插圖。這些年他的繪圖技巧趨於嫻熟，頗具風格。惟面對這個虛擬的生物和場景，起初他是抗拒的，畢竟他的畫作，除卻地圖，多為單一主題，如植物、動物的寫實素描。我搬出收藏的色鉛筆習畫本，鼓勵他嘗試此一媒材。不意他很快就摸索出樂趣，愈畫愈順，純真的筆觸適巧吻合當年的文風。

經由美術設計的巧思，這些彩圖佐以詩作，落版在洋洋灑灑的內文之前，頗有電影開場的氛圍，又好像一幕幕引人入勝的預告。最初設想，這本十萬字的小說，版型理當簡單，但是寶琴的設計顛覆了我貧瘠的想像。內文版面不僅具有章回小說體的情韻，還費心擷取許多小圖，細膩地安插在各個章節。舊作重出，能有此番樣貌，實屬少見。在此特別代克襄，對每一位付出心力的人士，表達感謝之意。

原本一直提不太起勁編書，或許潛意識裡無法免俗地擔心能否跳脫前作。豈料在校對修潤、討論作品意涵的過程中，不知不覺地跨過了蟄伏期。啊，我開始懷疑豆鼠這小生物具有魔法了，或許小兒早就發現祕密，難怪他堅持豆鼠故事是奇幻小說，卻又不說明白。還有什麼奇妙的可能呢？我靜靜期待著。

豆鼠回家／劉克襄著 .-- 初版 .-- 臺北市：遠流，2011.12
面；　公分 .--（綠蠹魚叢書；YLK27）
ISBN 978-957-32-6890-1（平裝）

857.7　　　　100021329

綠蠹魚叢書 YLK27

豆鼠回家

作者／劉克襄
繪圖／劉克襄

出版四部總監／曾文娟
特約專案主編／朱惠菁
資深副主編／李麗玲
行銷企劃／陳佳美
封面暨內頁設計／黃寶琴

發行人／王榮文
出版發行／遠流出版事業股份有限公司
地址／台北市100南昌路2段81號6樓
電話／2392-6899　傳真／2392-6658　郵撥／0189456-1
著作權顧問／蕭雄淋律師
輸出印刷／中原印刷事業有限公司
2011年12月1日 初版一刷
2021年 4 月5日 初版三刷
售價新台幣299元（缺頁或破損的書，請寄回更換）

ISBN 978-957-32-6890-1

遠流博識網
http://www.ylib.com　E-mail: ylib@ylib.com